KB041493

MR.TWICE
미스터 트와이스

MR. TWICE

미스터 트와이스

차민수 지음

드라마
<올인>의
실제 주인공
차민수의
담대한 여정

문예춘추사

모든 터널에는 끝이 있다

이 책의 출판일인 2021년 1월 15일은 내가 태어난 지 70년째 되는 날이다. 엊그제까지만 해도 철모르는 아이였던 것 같은데, 다소 진부한 말이나, 세월 참 빠르다. 나에 대해서 국내에서는 드라마 〈올인〉의 주인공이라는 타이틀이 가장 유명하지만, 사실 그 드라마를 제작할 때도 나는 꽤 망설였다. 정확하게 말하면 여러 번 거절했었다. 그랬던 내가 지금 이 책을 쓸 수 있게 된 이유는 아마 나이가 웬만큼 들었기 때문일 것이다. 물론 그 과정에서 ㈜이사벨스포츠사의 포커에 대한 집념도 한몫했다. 이종원 대표는 나의 오랜 팬이라며, 내 앞에서 홀덤의 대중화, 건전화, 스포츠화에 대해 일장연설을 했다.

포커 대중화의 필요성은 그보다 내가 더 잘 알고 있었다. 내 선수 시절보다 젊어진 모습의 합법적인 펍, 포커 콘텐츠에도 관심이 갔다. 한 번만 더 나서달라며 에세이 출판 전문 편집자까지 섭외해온 그의 집념인지 집착인지 모르겠는 설득에 나는 마음을 열었다.

텍사스 홀덤은 2028년 LA 올림픽 시범종목으로 채택될 가능성이 높다. 국내 사행성시장의 규모는 대략 추산해보아도 80조가 넘는다. 음지화할 수 있는 수준은 이미 지났다는 뜻이다. 텍사스 홀덤을 마인드 스포츠로 받아들이고 하나의 스포츠산업으로 인정하며 세금을 부과하여 발전시켜야 한다. 국내 포커 플레이어들의 실력을 키워주는 것은 국가적 차원에서도 유리한 선택이다.

나는 운명인지 숙명인지 인생 대부분의 시기에 새로운 길을 개척하며 살았다. 유복한 환경에서 어머니의 사랑을 한몸에 받고 자라, 남들이 '어른'이라고 하는 나이에 좌절과 실패를 배웠다. 시련은 나에게 최악의 상황 속에서 다시 일어서는 용기와 지혜를 가르쳐주었고, 그때 나는 진짜 '어른'이 될 수 있었다.

코로나로 어둡고 힘든 터널 속을 지나고 있는 지금이지만, 나는 독자들에게 희망을 이야기하고 싶다. 희망이라는 긍정적인 사고를 가진 사람이 부정적인 사고를 가진 사람보다 성공과 성취가 빠른 법이다. 모든 터널에는 끝이 있다. 그리고 그 터널 끝, 코로나 이후의 세상에 무엇이 있을지는 확신할 수 없지만, 다시 일어나보자. 지금까지 우리가 누려온 아름다운 세상이 하나님의 축복이었음을 이제야 조금이나마 알겠다. 하나님이 세상을 이처럼 사랑하사 독생자를 주셨으니… 내일 지구의 종말이 와도 오늘 나는 한 그루 사과나무를 심겠다는 말처럼, 이 책을 읽는 모든 사람이 오늘의 어려움을 이기고 자신의 하루에 충실했으면 좋겠다. 멀리 볼 수 없다면, 발끝만 보고 가도 된다.

나의 글이 터널을 걷는 발끝, 희미한 빛이 되길 바라며
2021년 1월 15일 차민수

차례

3장

**속고
속이는
세상,
카지노
이야기**

4장

아름다워라, 한국 기원과의 즐거운 추억

5장

**최선을
다한다면
못 이룰
것이 없다**

1장

내 이름은
'미스터 트와이스'

"나는 원래 잘 웃고,
심지어 가만히 있어도 웃는 상이다.
이것은 내 포커 인생에 큰 도움이 되었다.
망한 패여도 '해피 페이스',
좋은 패면 당연히 '해피 페이스'니
다들 내 표정을 읽는 것이
상당히 어려웠다고 한다."

내 이름은 '미스터 트와이스'

하룻강아지 자신감이 하늘을 뚫다

저절로 미소가 감돌았다. 7일간 꼬박 밤을 새운 처절한 포커 게임이 비로소 끝나는 순간이었다. 매일 평균 15시간씩 105시간이 넘는 대장정에서 나는 칩을 쓰러뜨리고 전리품 50만 달러를 얻었다.

칩 리즈와 처음 게임을 한 것은 1986년 여름이었다. 그때까지 사람들에게 '차민수'는 세계랭킹 3위는커녕, 30위도 겨우 할 것 같은 어떤 겜블러에 지나지 않았다. 실력 있는 프로는 맞지만 초

일류 선수의 이미지는 아니었다는 뜻이다.

"휘-익."

칩 리즈와의 첫날 대결은 스튜이 헝거의 가벼운 휘파람으로 시작되었다.

"자, 즐겨보자고."

거구의 칩은 늘 그랬듯 점잖은 모습이었다. 그때까지는 아무도 나와 칩의 대결이 7일간이나 지속되리라고 예상하지는 못한 듯했다. 냉정하게 말하면 당시 '차민수'는 칩과 어울리는 상대는 아니었다. 물론 나는 그렇게 생각하지 않았다. 7일이라는 시간을 정확하게 예측한 것은 아니지만, 내가 이 대결의 주인공이 될 자신은 얼마든지 있었다.

누군가 나를 범 무서운 줄 모르는 하룻강아지라고 생각해도 상관없었다. 내 자신감에는 엄청난 양의 공부와 재능이라는 근거가 있었다. 거기에 내가 칩 리즈라는 '포커계의 거물'을 이기는 상상이 더해지자 명성에 대한 욕심까지 생겼다.

내가 있는 테이블에는 8명이 둘러앉았다. 우리는 스터드(Stud)와 홀덤(Holdem), 로우볼(Low-Ball)을 번갈아가며 했다. 게임은 잔잔하게 흘러갔고, 시간이 꽤 지나니 테이블에는 세계랭킹 3위 수준의 잭 루이스, 자타공인 챔피언 칩 리즈, 그리고 내가 남았다. 보통 이쯤 되면 게임을 그만하고 흩어지는 법인데, 그날은 분위기가 달랐다. 나는 3만 달러 정도를 잃고 있었고, 칩은 5만 달러쯤 따고 있었다. 잭은 본전 비슷했다. 우리 앞에는 카드가 날아다녔다. 게임이 잘 풀리던 칩은 조금 더 이기고 싶은 눈치였다. 마침 승부보기를 좋아하는 우리도 게임을 멈추지 않았다.

대부분의 판이 트리플 미만으로 승부가 났다. 세 사람이 다 참여해 부딪히는 큰 판은 좀처럼 나오지 않았다. 숏핸드가 되자 나의 공부가 빛을 발했다. 죽을 판과 싸울 판에 대한 판단이 리듬을 타며 나아갔다. 판단은 거의 무조건 반사적이었다. 작은 판들의 연속이었지만 내가 이기는 판이 점점 더 많아졌다.

내 앞에는 칩이 쌓여갔다. 내가 첫날 승기를 잡은 계기는 칩의 블러핑(Bluffing)이었다. 블러핑은 약한 패를 쥐고 있으면서도 상대에게 강한 패를 들고 있는 것처럼 보이게 하기 위해 공갈을 치는 것을 말한다. 포커판의 신사라고 불리는 그가 블러핑을 치는 것은 나로서는 생각해본 적도 없는 일이었다.

공갈에는 공갈이 약이니
———

나는 킹 페어를 쥐고 있었다. 칩은 강하게 레이즈를 했고, 나는 짧은 고심 끝에 패를 내려놓았다. 칩이 싱글벙글 웃었다. 그는 말도 되지 않는 떡패를 나에게 보여주고 판돈을 가져갔다. 내가 완벽하게 속은 것이다. 내 약을 올리기 위한 쇼에 걸려들어버렸다.

'이 친구가 날 데리고 놀 작정이구나. 좋아, 기 싸움에선 끌려다니지 않으면 된다. 공갈에는 공갈이 약이지.'

"야, 칩. 이거 열받는데."

나는 일부러 소리 내어 말했다. 칩이 다시 웃었다. 그리고 얼마 후 나의 무조건 반사적인 플레이가 다시 시작되었다. 내가 아슬아슬하게 이기는 판이 많아지자 칩이 말했다.

"지미, 콜 할 것이라곤 생각 안 했는데."

"에이 난 또, 네가 또 블러핑 친 줄 알았지. 떡패 가지고 장난치는데 콜을 안 하고 배겨? 그러게, 블러핑 패는 보여주지 말았어야지."

칩은 다른 사람에게서 딴 돈에 자기 돈을 5만 달러를 보태 나에게 주고 일어섰다.

다음 날, 어떤 타짜가 구상해도 만들기 쉽지 않을 장면이 벌어졌다. 둘째 날 오후 3시경 바이시클 클럽에 갔다. 평소보다 조금 이른 시간이었다. 문을 여니 도올 브론슨이 먼저 와 게임을 하고 있었다. 도올은 농구선수 출신으로 키가 2미터에 육박한다. 나는 시치미를 뚝 떼고 도올에게 물었다.

"칩 리즈가 제일 잘하는 게임이 뭐지?"

"그야 홀덤하고 스터드지."

"그래요? 거 참 이상하네. 칩 실력에 대한 소문이 과장된 거 아나?"

"뭔 소리야?"

"오늘 새벽까지 붙었는데 세다는 느낌을 못 받았거든."

도올이 말을 전하길 바라는 일종의 약 올리기 작전이었다. 물론 이런 말에 흔들릴 칩이 아니라는 건 나도 잘 알았다. 이 말은 오히려 내가 나에게 하는, 오늘 새벽에 이은 승리를 바라는 강한 암시였을 것이다.

4시 조금 지나 칩 리즈가 클럽에 들어왔다. 예상대로 도올이 실실 웃으며 그에게 가 약을 올렸다.

"지미지미가 그러는데 자네 실력이 과대평가가 된 것 같다는 거야."

순간 칩의 얼굴이 붉게 변하는가 싶더니 바로 평정을 되찾았다.

"그래, 오늘 다시 한 번 내 운을 시험해보지 뭐."

승리의 '패'는 나에게로

그때 하미드가 들어왔다. 아랍계의 스피드가 아주 빠른 프로로 월드 챔피언까지 먹은 일류다. 셋이서 숏핸드로 제대로 붙었다.

그날도 아마추어들이 보면 정신을 못 차릴 만큼 빠른 속도로 게임이 진행되었다. 프로들의 게임은 그 속도가 너무 빨라 딜러도 누가 이겼는지 빨리 가늠하지 못하는 경우가 많다. 게임을 시작한 지 세 시간도 안 됐을 즈음 큰 판이 벌어졌다. 세 사람이 한꺼번에 엮인 판이었다. 스터드 게임을 할 때였다.

고수들은 매우 공격적인 성향이기 때문에 날카로운 난타전으로 전개된다. 그리고 그날은 평소와 달리 큰 승부처가 일찍 나타났다. 확률 게임이라는 것이 어쩔 때는 그렇게 얄궂을 수가 없다. 4구째 칩이 9트리플이 되면서 내가 이길 확률은 점차 줄어 나에게 위기가 왔다. '저들끼리 알아서 치고 받아라.' 하며 눈치를 살피는데 5구에서 26분의 1의 확률을 뚫고 나에게 유리한 패가 떨어졌다. 포켓 킹을 가지고 있는 나에게 킹이 떨어지면서 K트리플이 되었다.

갑자기 내가 앞선 것이 확실해졌지만, 이를 들키지 않기 위해 체크(Check : 베팅 차례에서 베팅을 하지 않겠다는 의사 표시. 앞선 플레이어가 베팅을 하지 않았을 때만 체크를 할 수 있다. 가진 패가 별 볼일 없는 것처럼 상대방이 느끼게 하기 위한 위장 전술로도 쓰인다)로 베팅을 넘겼다. 칩은 숨은 9트리플이었고 하미드는 A페어에 플러시 드로를 하고 있어 저희끼리 치고 받았다. 둘 다 좋은 패였다. 그들은 최대치인 3200달러까지 베팅했다.

"그래 그래, 열나게 치고받아라."

이번엔 800달러로 베팅을 시작하니 끝에는 3200달러씩을 집어넣었다. 그리고 6구째, 하미드는 플러시를 맞추었고 내 보드에는 드디어 내가 기다리던 페어가 떨어졌다. K풀하우스가 만들어진 순간이었다.

그러나 두 사람은 여전히 나의 패에 대해 눈치 채지 못했고 역시 맥시멈 베팅에 들어갔다. 마지막 장을 받았다. 하미드는 어떤 카드를 받아도 나를 이길 수 없었다.

칩이 나를 이기는 카드를 받을 확률은 49분의 1이었다. 앞서 내가 26분의 1의 확률로 역전을 했으니, 칩이 이기는 것이 아예 허무맹랑한 이야기는 아니었지만, 실낱같은 행운은 칩을 외면했다. 3만 3900달러짜리 큰 판은 내 차지가 되었다.

세계 1위를 7일간 이기다
——

칠일 째 되던 날인가. 칩이 새벽녘에 저지른 실수는 그가 칼날 앞에 서 있음을 알려줬다. 아무리 일류라 해도 게임이 15시간 가까이 계속되면 집중력에 틈이 생긴다. 그날 칩 앞바닥에 8 스페이드가 떨어졌다. 내가 보기에 그건 쓸모없는 패였다. 그런데 그는 태연히 베팅을 하는 것이었다.

나는 그 베팅을 강력한 레이즈로 응수했다. 순간 바닥에 깔린 패를 확인한 그가 눈을 둥그렇게 떴다. 8 스페이드를 7 혹은 9 스페이드로 잘못 본 것이었다. 정말이지 그의 운은 지친 듯했다. 반면 나의 운은 한결같이 미소를 보냈다.

어떤 판에서는 칩 앞에 Q 8 하트가 깔렸고, 내 바닥에는 Q 9 스페이드가 깔렸다. 둘 다 플러시를 기대할 수 있었다. 내 손에는 A K 스페이드가 얌전히 숨어 있다. 그런데 칩 손에는? 거기에도 A K 하트가 숨 쉬고 있었다.

마지막 장으로 칩은 J 하트가, 나도 J 스페이드가 나왔다. 우리는 둘 다 바라던 플러시를 만들었다. 할 수 있는 베팅을 이미 다 한 상태였고, 우리는 패를 오픈했다. 나는 A K Q J 9 플러시. 그는 A K Q J 8 플러시. 평생 두 번 나오기도 힘든 경우였다.

끝을 알 수 없는 게임을 하다 보면 많은 운이 따르는 것도 사실이다. 그러나 게임은 수없이 계속된다. 실력이 뒷받침되어 있지 않은 운이란 오래가지 않는 법이다. 프로의 게임에서는 자그마한 것에서 승부가 갈리는 경우가 많다. 15시간에 걸친 게임으로 우리는 모두 지쳐 있었다. 딜러가 다시 카드를 돌리려는 순간, 그가 담담하게 말했다.

"우리의 운에 관한 시험, 이제 그만하지. 내 운이 조금 지친 듯해서 말이야. 나는 오늘 라스베이거스로 돌아가야겠어. 당분간 거기 있을 거야."

나는 물끄러미 그를 쳐다봤다. 아침이었다. 게임이 끝난 것이다. 내가 세계 1위 칩 리즈를 상대로 돈을 얼마나 많이 땄느냐는 것은 중요하지 않았다. 중요한 건 그를 연거푸 이겼다는 사실이었다. 사람들은 삼삼오오 모여 수군거렸다.

"지미지미 실력이 엄청나네. 칩을 이긴 게 절대 우연일 수가 없지. 7일간 계속 이겼잖아."

"지미지미 성적이 이대로 한 달 이상 가면 나도 그를 '미스터 트와이스'라고 부를 거야."

지미지미, '미스터 트와이스'

미국에서 '미스터'는 한국어 의존명사 '님'과 비슷하다. 내 이름은 '지미 차'였지만 그때까지 LA 카지노계에서 나는 지미지미라고 불렸다. 내가 게임을 할 때 베팅을 너무 세게 해서, 나 혼자 두 명의 몫을 한다며 친구가 내 이름을 두 번 반복해 부른 게 그 별명의 유래다.

'지미'라는 이름이 두 번 반복된다는 소름끼치게 논리적인 이유로 나는 '트와이스'가 되었다. 더 소름 돋는 사실은 나도 그 터무니없는 별명이 아주 마음에 들었다는 것이다. 그 안에 담긴 단순한 원리가 귀여웠다. 확률 계산과 심리전이 복잡하게 얽힌 포커와는 영 딴판이었다.

"오우! 미스터 트와이스(Mr. Twice)."

"땡큐, 칩."

어느 여름날 아침이었다. 칩 리즈. 자타가 공인하는 세계 제1위의 포커 선수. 그가 나를 '트와이스님'이라고 불렀다. 낮고 건조한 목소리와 달리 칩은 120킬로그램의 거구를 가볍게 흔들며 어깨를 한 번 으쓱거리고 두 손을 펴 보인 뒤 클럽을 빠져나갔다. 그의 등에 서린 피곤만큼이나 나도 지쳐 있었기 때문에 그날 밤에는 오랜만에 꿈도 꾸지 않고 푹 잘 수 있었다. 그날 이후 우리는 절친한 사이가 되었다. 프로들은 진지한 승부를 한 이후에 아주 친한 사이가 된다. 승부의 시간을 통해 서로의 실력과 수준을 확인하기 때문이다. 누가 이기고 졌는지는 문제가 되지 않는다.

세계랭킹 1위를 이겼다고 내가 바로 1위로 올라서는 것은 아니다. 칩은 죽는 날까지 사람들의 존경과 부러움을 받으며 1위 자리를 지켰다.

칩은 게임 매너나 실력으로 당대 최고의 플레이어였다. 하지만 칩은 체중을 과다하게 빼다가 그 후유증 탓인지 심장마비로 수년 전 사망했다.

칩과의 대결 이후 나의 성적은 승승장구했다. 사람들은 약속대로 나를 미스터 트와이스라고 불렀다. 나는 얼마 후 이 별명을 '지미지미'보다 자주 들을 수 있었다.

02

악운이 행운으로

예전에 LA에 있는 바이시클 카지노에서 세 시간 만에 8만 달러를 잃은 적이 있었다. 몇 년에 한 번 나올 만한 악운의 연속이었다. 약이 바짝 오른 나는 라스베이거스로 전화를 했다. 그곳에서는 큰 게임이 돌아가고 있었다. 라스베이거스로 가는 마지막 비행기를 타기에도 시간이 촉박했다. 집에 들러서 금고키도 챙길 시간이 없었던 나는 카지노에서 남은 3만 달러를 챙겨 부랴부랴 떠났다. 큰 게임을 하기에는 턱없이 부족한 돈이었다. 라스베이거스 카지노 개인금고에도 돈이 있었지만 집에 들르지 못했기 때문에 열쇠가 없었다.

라스베이거스도 나의 악운을 끊어주지는 못했다. 나는 그 곳에서도 계속해서 돈을 잃었다. 그렇게 LA와 라스베이거스에서 3일 동안 잃은 돈이 총 48만 달러, 당시 우리 돈 6억이었다. 나흘째 되는 날 스튜이가 게임을 끝내고 나가면서 "지미, 돈 필요하지?" 하며 50만 달러를 빌려주고 나갔다.

게임은 풀릴 기미도 없고 돈도 부족하니 그만두고 일어나려던 차에 자금에 여유가 생겼다. 4일째 접어드는 날 저녁 무렵, 큰 운이 들어왔다. 그때부터 질 줄을 모르고 매판 이기기 시작하니 47만 달러를 금방 찾고 1만 달러만 찾으면 본전이었다. 하지만 그러고는 다시 싸울 패가 들어오지 않고 앤티로 1만 달러가 나갔다. 일단은 2만 달러만 잃고 거의 다 찾았으니 쉬었다가 마저 게임을 해야겠다는 마음으로 나는 LA에 온 지 닷새 만에 나를 기다리는 방에 올라가 첫잠을 잤다.

새벽의 찬 공기에 잠시 잠에서 깬 나는, 순간 테이블에 그대로 두고 나온 65만 달러가 넘는 돈이 생각났다. 포커 룸에 전화를 해 확인하니 돈은 그대로 있고 도올과 로저 둘이서 게임을 하고 있다고 했다.

나는 급히 샤워를 하고 카지노로 내려갔다. 도올은 내가 판에 앉은 지 30분도 되지 않아 "프레시맨(정신 맑은 사람)이 왔으니 나는 가야지." 하며 칩을 챙겨 일어났다. 9척 장신인 로저와 나는 크게 싸울 뻔한 적이 있어 서로 인사도 하지 않는 사이였다.

둘만의 게임이 시작되고 레이즈나 콜의 소리도 없이 죄 없는 칩만 허공을 가르고 있었다. 로저의 칩이 바닥에 거의 가까워지면 그는 누군가에게 전화를 했다. 잠시 후 나뭇가지처럼 마른 남자가 누런 봉투를 가져오면 그 안에는 언제나 10만 달러가 들어 있었다.

그렇게 봉투가 서너 번 왔다 가니 아침이 밝았고 모닝 플레이어들이 판에 앉기 시작했다. 이때 나는 잃은 돈을 다 찾고 27만 달러를 이기고 있었다. 한국음식을 좋아하는 나는 오랜만에 한국음식을 먹기 위하여 웨스턴 식당을 찾았다.

주방에서 요리를 하는 형님과 인정 많은 형수님 두 분이서 종업원 없이 운영하던 웨스턴 식당은 라스베이거스 최고였지만, 여행객들은 이곳을 잘 몰랐다. 두어 시간의 휴식을 취하고 호텔로 돌아오니 내가 있을 때는 30만 달러 넘게 잃었던 로저가 본전을 거의 찾아가고 있었다.

사실 스터드와 P.L.O 게임을 전공으로 하는 로저는 포커 역사상 라스베이거스에서 가장 많은 돈을 번 5인 중 하나다. 포커로 번 돈으로 골프장도 사서 운영할 정도였다. 포커에는 기풍에 따라 특정인에게 강하고 약한 상대성이 간혹 있다. 나에게는 유독 쉬운 상대였던 로저도 다른 이에게는 강한 상대였다. 악운에서 행운으로 바뀌었던 이 여행은 쉬운 여행만은 아니었다. 당시 체력이 뒷받침되어 가능했지만, 분명 그것은 해서는 안 되는 일 중 하나이기도 했다.

인터넷 카지노

1990년 들어서 인터넷 카지노 열풍이 불었다. 순식간에 2천여 개의 사이트가 생겼는데, 그중 파라다이스라는 사이트가 제일 컸다. 딸아이의 학비를 매번 부치기가 번거로웠던 나는 파라다이스에 아이 이름으로 계좌를 만들어 게임을 했다. 내가 학비를 벌어놓으면 꺼내가고, 그럼 나는 또 벌어놓는 식이었다.

지금 파라다이스는 없어졌으나 당시에는 제법 돈이 되는 곳이었다. 9년 동안에 100만 달러나 되는 딸의 대학 학비와 집세도 여기서 거의 충당했으니 나로서는 고마울 뿐이다.

요즘은 짜고 하는 플레이어가 많아지고 로봇이라는 인공지능까지 생겨 인터넷 카지노로 돈 벌기가 쉽지는 않다. 여담이지만 한국에서 캐시를 충전해 포커를 하는 사이트들도 대부분 사기이며 당연히 불법이다. 또한, 돈을 거래하는 곳도 조심스럽다고 말하고 싶다. 기업의 이익과 관련된 곳은 영락없이 서버에서 여러 사람의 패를 한꺼번에 보며 게임을 진행하기 때문에 개인이 이길 수가 없는 것이다.

기본부터 알아야 하는 '블랙잭'

라스베이거스에 여행을 오는 사람들마다 내게 어떻게 하면 돈을 딸 수 있는지 묻는다. 그러면 나는 쇼핑부터 하라고 권한다. 처음에야 명품이 너무 비싸서 살 엄두가 안 나지만 막상 떠날 때는 쇼핑한 명품들만 남는 게 보통이다.

예전에는 라스베이거스 호텔 현관에만 100만 개의 백열전구가 있었다. 지금은 LED로 바뀌었지만 화려한 것은 예나 지금이나 마찬가지다. 라스베이거스 호텔 한 곳의 종업원만 해도 9천 명에서 1만 명에 이른다. 그렇다면 그 유지비는 과연 누가 낼까? 바로 당신, 관광객이다. 카지노에서 손님이 하는 게임은 카지노가

1~3.5퍼센트가량 유리하게 디자인되어 있기 때문에 손님이 카지노를 이기는 것은 하늘의 별 따기다.

관광객 1인이 하루에 소비하는 돈이 평균 잡아 600달러다. 그렇다면 카지노를 이길 방법은 아주 없는 것일까? 꼭 그렇지만은 않다. 나는 토롭 교수가 창안한 카운트 법을 여기에서 조금만 소개하고자 한다. 전체를 소개하자면 책을 한 권 다시 써야 하므로 블랙잭의 중요한 기본만 소개한다.

2, 3, 4, 5, 6은 +1로 계산한다.

10, J, Q, K는 −1로 계산한다.

7, 8, 9, A는 0이 된다. 그러므로 무시해도 좋다.

다만 A는 와일드카드이므로 몇 장이 살아 있는지는 머릿속에 계산하고 있는 것이 좋다. 한 덱에는 낮은 자가 넉 장이 많다. 52장의 카드가 다 나왔을 때 +4가 되면 정상이다. 누구도 유리하지 않다는 뜻이다.

상황에 따라 +가 4나 6이 넘으면 높은 자가 많이 살아 있다는 뜻이므로 플레이어가 유리한 상황이 되는 것이다. 베팅을 4배 이상 하는 것이 좋다. 플러스가 9 이상이 되면 10배 이상까지 하는 것이 유리하다는 뜻이다.

카운트의 숫자가 적거나 마이너스일 경우는 낮은 자가 많이 살아 있는 상황이므로 플레이어가 불리한 상황이 되는 것이다. 당연히 베팅을 최소로 해야 하며 낮은 자가 많이 빠질 때까지 참고 기다려야 한다.

　이것이 블랙잭의 기본이다. 이것만 외워도 블랙잭의 50퍼센트를 벌써 터득한 셈이다. 카드가 6목이 되든 2목이 되든 상관이 없다. 빠진 숫자의 합을 계산하여 남아 있는 자의 확률을 계산하는 게임인 것이다. 이 외에 보험과 스플릿 하는 방법 등 더 배울 것이 있지만 여기서는 줄이겠다.

카드 센스는 공부의 결과일 뿐

예전에 한인 타운에서 부동산으로 돈을 아주 많이 번 '클라라'라는 사람이 있었다. 블랙잭을 좋아해서 라스베이거스를 가끔 찾기는 하는데 한 번도 이겨본 적이 없었단다. 나는 실수로라도 한 번은 이기는 법인데 어떻게 그랬는가 하고 웃으며 다행이라고 했다.

클라라는 돈을 잃었다는데 웃는 내게 핀잔을 줬다. 라스베이거스에서 돈을 잃었기 때문에 그는 아직 비벌리힐스에 사는 것이었다. 돈을 따기 시작해 블랙잭에 맛을 들였다면 그 집이 남아났을 리가 없다. 그는 내 말을 듣고도 집은 어떻게 돼도 좋으니 딱

한 번만 이겨보았으면 소원이 없겠다고 했다.

나는 그에게 올해 라스베이거스 월드시리즈가 열리는 4월과 5월 동안 내가 그곳에 있으니 친구들과 함께 올 것을 제안했다. 그렇게 그가 데려온 거주무역협회 분들과 내 팬들까지 도합 열 명이 넘는 대부대가 라스베이거스로 출동했다.

그들이 도착한 첫날, 나는 그들을 한식당과 노래방에서 실컷 먹고 놀게 했다. 그러니 다들 취해서 숙소로 돌아갔다. 여행 첫날부터 피곤한 몸을 이끌고 테이블에 앉는 것은 금기다.

관광객들은 도착하자마자 짐도 풀지 않고 카지노로 내려가 게임을 한다. 이것은 카지노에 돈을 그냥 가져다주는 것과 다름없다. 최상의 컨디션으로도 이기기 힘든 카지노와 최악의 몸 상태로 겨루는 것이기 때문이다.

그다음 날 라스베이거스 집에서 쉬고 있는 나에게 아침 식사를 청하는 전화가 왔다. 다들 게임이 하고 싶은 것이다. 벨라지오 호텔뷔페에서 식사를 마치고 테이블을 하나 잡아 우리들만 둘러앉았다.

나를 포함하여 7명은 자리에 앉고 나머지는 선 상태로 게임이 시작되었다. 시간이 지나자 서서히 모두가 이기고 있었다. 다들 카지노에서 돈을 따는 게 처음인지라 놀라는 기색이 역력했다.

아마추어는 카운트와 관계없이 자꾸 한 장을 더 받아보고 싶어 한다. 다음 카드는 틀림없이 10 다이아몬드였다. 그것을 딜러가 받으면 모두 이길 수 있었다. 나는 그들에게 이 이야기를 했지만 그들은 믿지 않는 눈치였다.

그러나 할 수 없이 내가 시키는 대로 해주기는 했다. 그리고 어김없이 10 다이아몬드가 나와 모든 플레이어가 이겼다. 20개의 눈동자가 모두 나를 쳐다봤다. 어떻게 다음 카드를 미리 알았냐는 것이다.

공부의 결과였다. 딜러가 카드를 걷어갈 때의 순서를 머릿속으로 기억해둔 것뿐이었다. 카드가 한 장 한 장 잘 섞이지 않은 경우, 외워둔 카드 몇 장이 순서대로 나온다. 그렇다면 다음 장은 내가 기억하는 카드가 나올 확률이 아주 높아진다. 포커계에서는 이런 것을 카드에 대한 재능, 즉 카드 센스라고 부른다.

포커의 첫 단계, 포커페이스

인간의 기분은 표정으로 나타난다. 이 자연스러운 생물학적 반응을 통제하는 것이 포커의 첫 단계다. 그래서 표정 변화를 나타내지 않는 사람을 '포커페이스'라고 한다.

아마추어 플레이어들은 대체로 표정관리를 잘 하지 못한다. 실제로 아마추어가 좋은 패를 들었을 때 모든 사람이 알아채고 죽어버리는 경우도 종종 있다. 표정관리는 프로에게도 어려운 기술이다. 표정을 필요 이상으로 사용하는 것이 할리우드 액션이다.

플레이어의 할리우드 액션은 상대를 불편하게 만들기 때문에 이를 남발하면 결국 매너가 좋지 않다는 평으로 이어진다. 마지막 장까지 필요한 카드가 나오지 않았을 때, 플레이어 눈에는 실망의 그림자가 순식간에 스쳐 지나간다. 시간 단위로 말하기조차 어렵지만 재능이 있고 충분한 공부를 하였다면 이를 읽을 수 있게 된다.

이렇게 평상시 상대의 표정이나 습성을 주의해서 관찰하는 습관이 생기면 상대의 심리를 얼추 읽을 수 있게 된다. 일상생활 속 상대의 습관을 기억해서 상대의 반응에 따라 그가 가진 패를 정확하게 예상하는 방법은 실전에도 많이 쓰인다.

자그마한 습관도 남에게 보이지 않는 것이 포커페이스의 기본이다. 나는 그냥 항상 웃는다. 표정관리라고 할 것도 없는 것이 나는 원래 잘 웃고, 심지어 가만히 있어도 웃는 상이다. 이것은 내 포커 인생에 큰 도움이 되었다. 망한 패여도 '해피 페이스', 좋은 패면 당연히 '해피 페이스'니, 다들 내 표정을 읽는 것이 상당히 어려웠다고 한다.

대통령보다 소중한 세계의 천재들

나는 세계를 여행하며 수많은 천재들을 만났다. 180 만점에 IQ가 170이 넘으면 일단 천재의 범주에 들어간다고 본다. 중국에도 인구 때문인지 천재가 아주 많다.

내가 본 천재의 유형은 대략 두 가지였다. 첫 번째는 눈빛만 보아도 '아, 천재는 바로 이런 사람이구나.'라는 느낌이 드는 '반짝이는 천재'다. 이들의 천재성은 겉으로도 드러난다. 조훈현과 이세돌 같은 사람이 이런 부류다.

두 번째는 이 사람은 어떻게 험한 세상을 살아갈까 하는 느낌을 주는 '멍청한 천재'다. 이런 천재를 만나면 깊이를 알 수 없어

간혹 무서운 느낌을 받는다. 중국의 섭위평과 한국의 이창호의 경우가 그렇다. 이창호는 자기의 신발 끈도 제대로 묶지 못해 자꾸 끈을 밟고 넘어져서 아예 끈이 달린 신발을 신지 못한다. 천재가 자기의 신발 끈도 잘 못 묶는다는 것이 아이러니하지만, 천재는 자기가 중요하지 않다고 생각한 것에는 아주 무감각할 때가 많다. 그래서 인생이 더 재미있는 것이다.

미국에는 멘사클럽이라는 천재들의 모임이 있다. 그 수는 수천 명이나 된다. 2007년 당시 IQ 180 만점인 천재의 수가 무려 270명이나 되었다. 정부에서는 이들의 소재를 정확히 파악하고 있으며, 핵전쟁 시 이들을 제일 먼저 콜로라도 주에 소재한 제1방공호로 대피시키는 계획이 수립되어 있다.

이들은 대통령보다도 우선적으로 보호된다고 한다. 이들이 사라지면 핵전쟁이 지구의 멸망과 함께 세계 인류의 멸망을 가져오기 때문이라고 한다. 보통사람들은 방공호 밖의 안전유무 상황을 정확하게 계산하지 못하기 때문에 핵폭발 이후에 인류의 생존을 불가능하게 한다는 것이다.

영국이 낳은 천재이자 세계적인 물리학 박사 스티븐 호킹 박사는 인류가 30년 안에 지구를 떠나야 한다고 경고한 바 있다. 인간의 무지로 지구는 인류가 살 수 없는 곳이 된다는 것이다. 허나 내일 지구의 종말이 오더라도 나는 한 그루 사과나무를 심겠다는 말이 있지 않은가?

천재도 울고 가는 '포커판'

    포커나 블랙잭 플레이어 중에는 180 만점의 IQ를 가진 친구들이 많이 있다. 그들은, 예를 들어 3.29×4.25라는 식을 주면 '='이라는 말이 떨어지기도 전에 13.9825라는 답을 내놓는다.

    포커 플레이어 중에 30여 명의 천재가 있었던 것으로 기억한다. 내가 포커 관련 서적 한 권을 3개월에 걸쳐 읽고 이해한다면 이들은 1시간 만에 그것을 모두 외워버리니 참 김빠지는 일이다.

    내가 어려운 전문용어를 번역하는 데 많은 시간을 쓰는 동안 이들은 양면의 책을 동시에 읽어 내려간다. 다행히 포커에는 IQ 외에도 카드 센스와 배짱, 그리고 판단력이 필요하므로 보통 사람도 쉽지는 않지만 천재를 이길 수 있다. 천재는 자기가 이해하지 못한 부분은 실행으로 옮기지 못하고 같은 패턴을 유지하는 경우가 많기 때문이다.

또한 천재들은 게으른 습성을 소유하고 있는 경우가 많다. 남이 하루 종일 한 것을 순식간에 이룰 수 있기 때문인데, 그래서 노력을 게을리해 천재성을 공부 없이 묻어버리는 경우가 많다. 천재성도 노력이 더해져야 빛을 보는 법이다. 어떤 분야에서든 천재는 있고, 우리가 그들을 부러워할 필요는 없다. 대한민국도 각 분야에 수많은 천재들과 인재들이 넘쳐나는 천재의 보고이니 천재 타령은 시간낭비일 뿐이다.

삼국지에서 조조가 남의 의견을 경청하다 좋은 의견이 나오면 "경의 뜻이 짐의 뜻과 같도다."라고 하는 것은 그에게 남의 능력을 자기의 것으로 흡수하고 만드는 각별한 재주가 있기 때문이다. 천재면 어떻고, 그렇지 않으면 어떤가? 어차피 함께 사는 세상인데.

2장

담대한 여정, 세계 최상급 플레이어가 되기까지

"마음 가는 대로 걸을 수 있게 되자
실력은 하루가 다르게 늘었다.
당대 최고 고수들과 매일 게임을 하고,
실전에서 배운 것을 집에서 복습했다.
언제부터인가 사람들은 나를 10위권 안에 드는
세계적인 선수로 인정해줬다.
드디어 내가 꿈에도 그리던
세계 최상급 플레이어가 된 것이다."

이것저것을 섭렵한 어린 시절

　나는 피난처에서 태어났다. 1·4 후퇴 때 아버지를 여의고, 어머니는 1951년 1월 15일 수원 인근 발안 장터에서 나를 낳았다. 그날은 무척 추웠다는데, 남자들은 밖으로 다 내보내고 여자들만 남아서 나를 받았다고 한다.

　서울 수복 후 어머니는 나를 안고 영등포에 있는 집으로 돌아오셨다. 아버지가 직접 지은, 그의 마지막 집이었다. 지금 내 아들보다도 어렸던 서른 살 내 어머니는 핏덩이를 안고 허구한 날 우셨다.

　어머니에게는 자연스럽게 '나도 남편처럼 갑자기 세상을 떠날 수 있다.'는 생각이 자리 잡았다. 그렇게 되면 문제는 나였다. 나에게는 나보다 일곱 살 많은 큰누나, 그 두 살 아래 형, 또 두 살 아래 작은누나가 있었다. 우리 형제들은 정확하게 2년 반 터울이었다.

어머니는 '만약 내가 잘못되면 내 재산은 큰 아이들이 다 가지고 어린 동생은 주지 않을 수 있겠구나.'라는 생각을 하셨다고 한다. 이 때문에 어머니는 나에게 스스로를 지킬 수 있는 운동, 그리고 돈이 될 수 있는 모든 것을 가르치셨다.

정석 엘리트처럼 자란 누나 둘은 이화여대 피아노학과를 졸업했고, 형은 한양공대 건축학과를 졸업했다. 우리 집안에는 나 같은 문제아는 없었다. 나는 집에서 늘 돌연변이 혹은 피난 때 다리 밑에서 주워온 아이라는 말을 듣고 살았다.

어머니가 형제들과 나를 다르게 키웠으니, 어찌 보면 당연한 일이었다. 물론 형제들과 조금 다른 나의 외모도 이에 한몫했다. 형과 누나들은 아버지를 닮아 눈이 큰 데 비해, 나는 어머니를 닮아서 형제들보다는 눈이 작아 단춧구멍이라고 놀림을 받곤 했다.

아무튼 어머니 덕분에 어린 시절부터 이것저것 많이도 배웠다. 운동은 대부분 내가 먼저 배우고 싶다고 했고, 어머니가 나서서 가르쳐주신 것들도 있었다. 정신없이 배우다 보니 프로 수준에 오른 것도 여럿 있었다. 어릴 때는 놀 수 있는 시간이 적어 힘들었지만, 지금 생각해보면 그 시절에 그렇게 많은 분야를 접해볼 수 있었던 것도 복인 듯하다. 그때 배운 것 중 하나가 바둑이었고, 그 경험이 지금의 나를 이곳까지 이끌었기 때문이다.

머릿속은 남이 훔칠 수 없는 법
—

나는 아주 어릴 때부터 운동으로는 당수, 쿵푸, 스케이트, 수영, 탁구, 음악으로는 바이올린, 기타, 피아노를 배웠다. 바둑에도 재주가 있어 1974년 프로에 입문했고, 미술은 뒤늦게 조동화 선생님께 배워 개인전을 열기도 했다.

어린 내가 길을 잃고 다칠까봐 어머니는 집안일을 도와주시는 충청도 할머니에게 나를 부탁했다. 한 손으로는 할머니의 손을 잡고, 남은 한 손에는 레슨 가방을 들고 방과 후 동네를 돌아다니며 레슨을 받는 것이 하루 일과였다.

요즘에야 그런 아이들이 많지만, 그때는 '보릿고개'를 넘던 시절이었다. 그 시절 자식에게 개인레슨을 시킨다는 것은 여간 어려운 일이 아니었다. 그렇지만 그 시절 어린 나는 요즘 애들과 크게 다르지 않았던 것 같다. 레슨 때문에 주일을 빼고는 친구들과 뛰어놀 수 없어서 어머니가 원망스러웠다.

어머니가 잘못한 것도 없는 나를 괴롭힌다는 우스운 생각도 했다. 어머니가 종종 하시던 말씀이 있다.

"돈이나 물건은 남이 훔쳐갈 수 있으나, 너의 머릿속에 있는 것은 남이 도적질할 수 없다. 돈은 잘못 투자하거나 운이 나빠서 잃을 수도 있지만, 배운 지식이나 기술은 너의 몸과 머릿속에 항상 남아 있는 것이다."

매번 친절하게 설명하셨지만 어릴 때는 무슨 말인지 이해를 못했다. 그때야 친구들과 노는 게 최고인 줄 알았으니 말이다.

어른이 되어 세상에 나가보니 어머니 말씀이 자꾸 떠올랐다. 머릿속에 넣을 수 있는 지식은 내가 가질 수 있는 재산보다 무궁무진했고, 심지어 그것을 보관하거나 도둑맞을 물리적 장소도 없었다.

어머니는 내가 의사가 되어 어려운 사람들을 도와주었으면 했다. 그렇게 되지 못한다면 목사가 되어 목회자의 길을 가길 바랐다. 하지만 유감스럽게도 어머니의 소망은 소망으로만 남았다. 내가 학교 공부에 취미가 없었기 때문이다. 성적도 벼락치기로 간신히 유지만 하는 정도였다.

흑백 화면의 즐거움
———

나는 부끄러움이 많은 학생이었다. 사람들 앞에 서면 얼굴은 빨개지고 머리는 하얘져 말도 변변히 하지 못했다.

중학생 때 영락교회에 바이올린 연주를 하러 간 적이 있다. 그날 교회 중등부 회장선거가 있었는데 자기들끼리 나를 회장으로 이미 뽑아놓았다고 했다. 청천벽력 같은 소리였다. 회장이 매주 광고를 해야 한다는데, 정신이 아찔했다. 처음에는 다리가 후들거릴 정도로 힘들었지만 숙달이 되면서 울렁증이 없어져 차차 정상적으로 말할 수 있었다. 그 일이 없었다면 지금 인터뷰나 촬영은 어떻게 했을지 싶다.

그리고 어린 시절 나는 유난히 영화를 좋아했다. 집 앞에 있는 영보극장 앞에 가서 동네사람이나 마음씨 좋아 보이는 아저씨가 보이면 무작정 달려가 나를 데리고 들어가달라고 졸랐다. 운이 좋으면 따라 들어갈 수 있었지만, 아이도 돈을 내야 된다고 하면 다시 극장 앞에서 동네 아저씨를 하염없이 기다렸다. 그렇게 극장에 따라 들어가서 보는 것은 대부분 무성영화였다. 흑백 화면 옆에서 연사가 마이크를 잡고 열변을 토한다. 이수일과 심순애, 심청전, 그리고 전쟁영화.

우리 동네 집들의 지붕 위에는 공이나 제기가 많았다. 새로 사는 것이 더 깨끗하고 좋았겠지만, 어린아이에게 위험한 지붕 위 작은 장난감보다 흥미로운 놀잇감은 없다.

나는 장독대를 밟고 지붕 위로 올라가 이집 저집을 건너다니며 그것들을 주웠다. 이를 본 이웃집 아줌마가 어머니에게 전화를 하면 어머니가 민수야, 민수야 하고 나를 찾았다. 어머니 목소리를 듣고 내려가면 위험한 짓을 했다고 어김없이 야단을 맞았지만, 내 손에 가득 들린 전리품을 보면 배실배실 웃음이 나왔다.

"어머니, 사랑해요"
___

영등포 동회 앞에는 노동자들이 잘 다니는 저렴한 백반집이 있었다. 음식 값은 천 원인데 맛까지 좋았다. 나는 한국에 오면 어머니가 즐겨 드시는 그곳에 자주 따라갔다. 사장님은 어머니가 가실 때마다 회장님이 오셨다고 자그마한 생선 하나라도 더 주셨다.

어머니가 그 백반집에 자주 가신 것은 짜장면보다 백반이 싸기 때문이기도 했다. 자신을 위해서는 하루에 천 원을 쓰며 푼돈까지 아끼시는 분이 장학금으로는 2, 3억을 흔쾌히 내놓으실 때마다 나는 의아했다.

그렇게 아낀 돈으로 좋은 옷과 비싼 음식을 즐기실 일이지, 생면부지 모르는 사람에게 몇 억씩이나? 어머니의 지론은 간단했다. 가진 사람이 남에게 도움을 주며 사는 것은 당연하다는 것. 어머니는 그의 방식으로 그리스도의 말씀을 실천하며 사셨다.

어머니는 나에게 커서 큰 나무가 되어 사람들이 나의 그늘에서 쉴 수 있게 하라고 말씀하셨다. 어머니는 매년 300여 곳의 교회선교 활동을 도왔다. 그러면서 도움을 요청하는 개척교회의 부탁을 단 한 번도 거절한 적이 없었다. 그러면서도 사업은 번창해서 재산은 줄지 않았다.

어머니는 하나님의 은혜를 듬뿍 받은 분이다. 어머니는 대한예수교장로회 전국 여전도회 회장을 10년 넘게 하셨는데, 당시에는 재력 있는 사람이 많지 않다 보니 돈을 쓸 사람이 없어 어머니가 오래 맡게 되었다고 한다.

나는 이 세상에서 어머니를 가장 사랑했다. 그러나 어머니가 원하시는 의사도 목사도 되지 못했다. 청개구리처럼 반대로만 살며 어머니 속을 지극히도 많이 썩였다. 어머니가 돌아가셨을 때는 말 그대로 하늘이 무너지는 것 같았다. 나에게 어머니는 곧 아버지셨고 또 하나님이시기도 했다.

자신에게는 한없이 검소하고, 남에게는 한없이 후하셨던 어머니에게 나는 자신이 아닌 나보다 부족한 남을 도우며 살아야 한다는 교육을 받고 자랐다. 나는 지금도 내 어머니가 하나님 오른편에 앉아 계시며 사랑하는 아들을 지켜주신다고 믿는다.

나의 자그마한 재능도 어머니가 하나님께 부탁하여 만들어주신 것이라, 나는 나의 조그만 재주를 자랑해본 적이 없다. 사람들은 종종 나의 많은 잔재주를 보고 나를 천재라고 말한다. 하지만 그렇지 않다. 나는 운 좋게도 세계적인 천재들을 접할 기회가 많았는데, 나는 그들과 비교하면 나는 천재와는 거리가 멀다.

나는 어려서부터 어머니 덕분에 많은 분야를 배우고 터득한

숙련공 정도에 불과하다. 어머니가 가장 좋아하시는 찬송가는 '예수사랑 하심은'이다. 그래서 어머니가 돌아가신 후 '예수사랑 하심은 거룩하신 말일세'가 묘비명이 되었다.

위기의 친구를 구하던 학창시절

고등학생 때는 무전여행을 즐겼다. 영등포 친구들과 단체로 여행을 다니곤 했다. 우리는 여름방학을 이용해 대천이나 해운대 같은 바닷가에 갔다. 돈이 떨어질 때가 되면 친구들은 비상금을 전부 모아 내게 건넸다.

여름이 되면 바닷가에는 천막으로 된 간이 기원이 생긴다. 돈은 없고 패기만 있는 젊은 우리는 그곳에 들어가 묻는다.

"누가 여기서 바둑을 제일 잘 둡니까?"

그러면 간이 기원의 아저씨들은 바둑을 잘 두는 아무개가 있는데 그분은 내기가 아니면 바둑을 두지 않는다고 대답한다. 그렇게 뜨내기로 위장해 시작한 내기바둑에서는 언제나 내가 이겼다. 그럴 때마다 친구들은 나보다 더 신이 났다.

우리는 바닷가에 친 텐트를 걷어버리고 품위 있는 여관으로 숙소를 옮겼다. 남은 돈으로는 맛있는 밥을 사 먹고 매일 밤 바닷가에서 파티를 즐겼다.

대학교에 다닐 때는 영등포 친구들이 노름방에 가서 큰돈을 잃으면 나를 찾아왔다. 시장에서 부모님이 포목상을 하는 세웅이라는 친구가 있었다. 세웅이는 태환이하고 무척이나 친해 항상 붙어 다녔는데, 문제는 태환이었다. 그 애는 물불을 가리는 법이 없었다. 거기에 정까지 많아 노숙자나 구두닦이를 보면 집에서 재우기 일쑤였다. 그 다음날이면 태환이 할머니께서 더러워진 이불을 빠느라 고생하셨다. 호방하면서도 무엇이든 질러 놓고 보는 성격이었다. 태환이가 돈을 잃으면 자연히 세웅이가 시장에서 달러 빚을 얻어다 주었다.

달러 장사는 세웅이 부모님이 보낸 것인 줄 알고 의심 없이 큰돈을 빌려줬고, 이 때문에 학생 신분에 만져보기도 힘든 큰돈을 잃을 때가 많았다. 이렇게 문제가 커지면 그 친구들은 마지막 희망인 나에게 왔다.

부모님이 아시기 전에 해결해야 하는데 날은 어두워지고 걱정이 되어 집에 갈 수도 없다고 주절주절 하소연을 했다. 마음이 약해진 나는 어디서 돈을 잃었는지와 누가 그것을 땄는지를 물어보고 같이 노름방으로 향했다. 노름방에 도착해 친구의 돈을 딴 사람을 찾으면 그들은 딴 돈으로 이미 중국요리를 잔뜩 시켜놓고 먹고 있었다.

단둘이 하는 도리짓고땡이 시작되면 친구들이 잃은 돈은 언제나 내가 다시 다 따고, 친구는 좋아하며 고맙다고 했다. 다행이긴 하지만 그렇다고 습관이 되면 안 되니까, 다시는 그런 곳에 가지 마라 한마디 하고 돈을 찾아주곤 했다.

지금 생각하면 내가 왜 매번 이겼는지 모르겠다. 나라고 그 사람들을 꼭 이길 수 있는 재주가 있는 것도 아니고, 화투를 잘하는 것도 아니었다. 물론 남을 속일 수 있는 재주도 없었다. 오히려 나까지 돈을 다 잃지 않은 것만도 다행이었다.

아마도 친구를 위기에서 구해주겠다는 철모르는 기세가 나를 도운 듯하다. 사람에게는 위기에 처했을 때 자기의 능력 이상을 발휘할 수 있는 초능력인 기라는 게 있다. 이제 와서 나도 그랬나 보다 생각할 뿐이다.

결혼의 기쁨, 그리고 라스베이거스

나는 1972년에 세상에서 가장 사랑하는 사람과 결혼했다. 결혼하는 날은 온 세상이 내 것이었고, 이 세상의 모두가 나를 축복해주기 위해 존재하는 것만 같았다. 그 다음해에는 석진이를, 1975년에는 영은이를 낳았다.

작은누나의 결혼식 때문에 미국에 다녀온 후로 어머니는 줄곧 나에게도 미국에 가라고 성화였다. 그곳의 청년들이 열심히 사는 것을 보고 나서는 나도 기회의 나라인 미국에서 새 세상을 개척하며 살기를 바라셨다.

바둑과 친구를 좋아하는 나로서는 한국을 떠날 이유가 없었지만, 1976년 군복무를 마친 후 결국 어머니 뜻대로 미국에 갔다. 결정적으로 마음을 바꾼 계기는 당시 열풍이었던 007이란 첩보 영화였다.

내 눈에 그 미국 영화의 주인공인 숀 코네리는 너무나도 멋있 었다. '나도 세계를 돌아다니며 저렇게 한번 살아보자.'는 생각으 로 미국행을 택했다. 미국에 가면 운동을 특기삼아 CIA에 들어가 려고 그 후 운동도 더 열심히 했다. 지금 생각하면 허무맹랑하고 귀여운 생각이지만, 그 당시에는 영하 20도가 넘는 날에도 아침 5시에 일어나 도장에 갈 정도로 진지한 다짐이었다.

난방도 안 되는 도장에 들어서면 처음에는 몸이 떨려 움직이 는 것도 힘들었다. 그 시간을 견디면서 발차기와 기본자세 연습 을 하고 나면 땀이 비 오듯 했다. 나중에는 도복이 흠뻑 젖어 도복 을 짜야만 했으니 정말 열심이었다.

미국 생활은 생각만큼 여유롭지 않았다. 당장 나가서 일을 하 지 않으면 먹고살 수 없었다. 네 식구의 호구지책부터 해결해야 한다는 현실의 높은 장벽에다 더 높은 언어의 장벽까지 더해지니 007 영화의 주인공처럼 살아보자는 나의 새파란 꿈은 자연스레 멀어졌다.

그런데 라스베이거스를 본 이후에 내 꿈은 180도 바뀌었다. 처 음 본 라스베이거스는 가히 충격적이었다. 그때 내가 있던 곳에 서 큰 산을 하나 더 넘어야 라스베이거스의 전경이 들어오는데 그쪽 하늘이 불타는 듯 빨갛게 보였다.

소돔과 고모라의 심판의 날처럼 라스베이거스가 심판받아 불타고 있다고 생각하며 차를 타고 빠르게 그쪽으로 갔다. 그런데 마지막 산을 넘고 보니 이상하다는 생각이 들었다.

큰불이 났다면 하늘에 연기가 가득해야 하는데 연기가 보이지 않았다. 불야성이었다. 라스베이거스의 공기는 백열등의 불빛과 열기로 가득 차 있었다. 그 당시 한국은 길거리에서 장발과 짧은 치마를 단속하고, 전력난 때문에 당국의 지시로 가로등은 물론 극장의 네온사인도 켤 수 없었다. 난생 처음 보는 불야성 앞에서 나는 황금의 보고인 서비스산업, 그러니까 카지노 업계에 발을 담그기로 결심하게 된다.

5달러에 목숨을 걸다

　미국에 온 지 며칠이 안 되어 주유소에 취직했다. 한국에서 가지고 온 돈은 아파트를 얻고 차 한 대 사니 녹아 없어졌다. 미국 땅을 밟은 지 사흘도 안 된 것 같은데 당장 나가 일을 해야 했다. 공장에 취직하면 급여는 두 배를 받을 수 있었지만 형편없이 부족한 영어 실력을 해결하려면 오전에는 학교에 다녀야 했다.

　내가 취직한 주유소는 카사블랑카 갱들의 활동 반경에 있어서 밤만 되면 총소리가 심심치 않게 들렸다. 저녁 파트에 일하는 사람들이 일주일도 안 돼 그만둬준 덕에 그 자리는 영어도 잘 못하는 내 차지가 되었다.

하루는 얼굴에 칼자국이 있는 세 녀석이 기름을 넣으러 왔다. 시동을 꺼달라고 했지만 배터리가 나빠 시동을 한번 끄면 다시 걸 수 없다며 고집을 부렸다.

기름값을 안 내고 그대로 도망갈 수 있다는 생각이 머리를 스쳤다. 그렇지만 배터리가 나쁘다는데 무작정 시동을 끄라고 할 수도 없는 노릇이었다.

역시나 그들은 기름을 넣던 중간에 갑자기 차를 몰고 주유소를 빠져나가려 했다. 나는 운전석 문이 열린 채 출발하는 차의 문과 핸들을 움켜잡고 달리는 차에 올라탔다. 나의 체중이 실린 핸들을 꺾을 수 없어 전봇대를 들이받을 처지가 되자 그들은 차를 멈추었다.

나는 소림 쿵푸에서 배운 '루'라는 초식으로 운전석에 앉은 사람의 목을 잡아 밖으로 내동댕이쳤다. 출국 전까지 007의 주인공으로 거듭나기 위해 했던 훈련이 드디어 빛을 발하는 순간이었다.

그 사람을 못 움직이게 하려고 목을 밟고 있는데 내 발 아래 있는 사람이 옆에 차고 있던 30센티 정도 되는 대검을 뽑으려고 꾸물댔다. 미국에 도착하자마자 한 일이 미국의 법을 배우는 것이었다. 미국에서는 집이나 직장에서 무기를 가진 침입자와 싸우다 상대가 죽으면 정당방위라고 했다. 미국 생활 두 달 만에 갓 배운 미국법을 실전에 적용할 일이 생겼다는 사실에 감복하며 슬쩍 비켜줬다.

"뽑으면 죽는다."

영어가 서툴러 혼내준다는 말이 영어로 뭔지 몰랐다. 산다, 죽는다는 말만 할 줄 알아서 그렇게 말했다. 그 친구는 잠시 생각하더니 칼을 뽑지 않았다. 달리는 차에 뛰어올라 자기를 밖으로 집어던진 것에 놀란 것 같았다. 나라도 놀랐을 것 같다. 그때 차 안에 있던 두 명이 내리려고 했다.

"내리면 죽는다."

내가 소리쳤다. 그러자 그들은 순순히 5달러짜리 지폐를 내놓았다. 기름값은 3달러 79센트였다. 1달러 21센트를 거슬러 주었다. 지금도 내 목숨과 바꿀 뻔했던 이 액수를 잊어버릴 수가 없다. 당시의 한화로 환산하면 2천 원이 채 안 되는 돈이다.

카사블랑카 갱과 친구가 되다
———

다음 날, 매니저가 왜 그렇게까지 위험한 짓을 했냐고 나를 나무랐다. 그냥 사건의 경위를 리포트에 사실대로 쓰면 된다는 것이다. 하지만 내 영어실력으로 리포트를 쓰는 게 더 공포였다. 그냥 싸우는 것이 나에게는 훨씬 편했다. 문제는 여기서 끝나지 않았다.

며칠 후 밤 10시가 다 되었을 무렵, 가게 문을 닫을 준비를 해 놓고 앉아 있는데 한 무리의 갱들이 주유소를 향해 오고 있었다. '아, 이 사람들이 바로 유명한 카사블랑카 갱이구나.'라고 생각하는 순간 낯익은 얼굴이 눈에 들어왔다. 스카페이스였다. 며칠 전의 악연.

난 오늘 여기서 죽는구나 싶었다. 그러자 어머니와 아이들의 얼굴이 주마등처럼 스쳤다. 우선 가게로 밀고 들어오는 그들을 다시 밀고 밖으로 나갔다. 주유소에서 싸울 수는 없었다. 그 상황에도 그들이 가게 안에 있는 담배와 엔진오일을 도둑질할까 걱정이 되었다.

운이 나빴으면 정말 죽을 수도 있는 순간에 멍청한 생각을 했다. 지금 생각하면 참 바보 같다. 넓은 장소가 싸우기에 유리할 것 같기도 했다. 밖으로 나가 뚱뚱한 나무 하나를 등지고 섰다.

상대의 수가 너무 많으니 뒤를 보호해야 했다. '3분만 버티면 살 수 있겠지.' 지나가는 차에서 누군가 우리가 싸우는 것을 보고 경찰에 연락해주기를 바랄 뿐이었다.

"왜 왔어?"

나는 태연한 척 물었다. 기 싸움에서 지면 죽는다는 생각이 들었기 때문이다. 그러자 우두머리쯤 되어 보이는 남자가 어이가 없다는 듯, 지금 우리가 몇 명인 줄 아냐고 물었다. 아직 눈이 달려 있으니 보이긴 하는데, 차라리 내 눈이 잘못되어 한 사람이 겹

쳐 보이는 것이면 얼마나 좋을까 생각했다. 그들은 족히 스무 명은 되어 보였다.

내가 대답을 하지 않으니 "너 도대체 뭐냐?"라는 말이 나왔다.

나는 바로 몸을 날려 내 등뒤에 있는 나무에 공중 돌려차기를 했다. 그러자 나뭇가지 하나가 뚝 소리를 내며 부러져 축 늘어졌다. 산 나뭇가지는 잘 부러지지 않는데 기적이었다. '하나님 감사합니다.' 하는 생각이 절로 들었다. 내가 죽을지도 모른다는 생각에 나에게서 살수의 기가 나온 것 같았다.

"Wow, Are you Bruce Lee?"

그들은 탄성을 내뱉더니 갑자기 내게 '이소룡'이냐고 물었다. 살았구나 하는 생각이 들었다. 이소룡은 당시 미국 젊은이들의 우상이었고, 나는 이소룡과 같은 무술을 배웠다. 만난 적도 없는 그는 그렇게 나의 생명의 은인이 되었다.

한국에서 이민을 왔고 온 지 얼마 안 되어 영어는 잘 못한다고 대답했다. 그러자 백인이면 죽이려고 했는데, 동양인이고 게다가 한국인인 것이 맘에 든다며 그들은 나에게 악수를 청했다. 그 말을 듣는 순간 온몸에 힘이 빠지며 식은땀이 났다. 내 인생이 미국에 오자마자 끝난 줄 알았으니까 말이다. 그렇게 위기를 넘기고 카사블랑카 갱들과 친구가 되었다.

카사블랑카의 전설이 된 '마스터 차'

그 후 이들에게 쿵푸를 가르치는 아르바이트를 했다. 일주일에 두 번, 1인당 35달러를 받았다. 주유소의 주급이 100달러였고, 그마저도 세금을 공제하면 82달러였으니까, 나에게는 쿵푸 레슨비가 꽤 큰돈이었다. 갱들도 레슨비를 내기 위해 하나둘 직장을 가졌으니 상부상조였다고 생각한다.

수강생이 열 명을 넘길 즈음, 레슨비가 주유소에서 버는 돈을 넘어섰고 생활도 점차 안정되었다. 카사블랑카 지역은 낮에도 차가 다니지 않는다. 이 지역을 잘못 침범하면 낮에도 사람은 물론 차까지 없어질 수 있기 때문이다. 다니는 차가 없어 운전을 가르치기에는 안성맞춤이었다. 그래서 그곳에서 아내에게 운전을 가르쳐줬다. 한 번은 지나던 경찰이 이 지역은 아주 위험하니 운전을 가르치고 싶으면 다른 곳으로 가는 게 좋을 것이라 충고해줬다. 나에게는 더없이 안전하다는 것을 경찰 아저씨는 모르는 것이다.

레슨이 있는 날 밤에는 10시에 주유소 일을 끝내고 카사블랑카에 있는 공원으로 갔다. 공원을 아파트가 둘러싸고 있어 늦은 밤인데도 온 동네 사람들이 우리가 운동하는 모습을 신기한 표정으로 구경했다. 나는 카사블랑카에서 마스터 차(Master Cha)라고 불렸고, 어느새 이 동양인을 모르는 사람이 없게 되었다는 재미있는 전설이 있다.

심리적 안정을 준 '페인트 사업'

오렌지카운티에서 LA로 이사 와 동창생인 영국이와 페인트 회사를 차렸다. 빈손으로 시작하기에 딱 맞는 회사였다. 자그마한 사무실과 전화 한 대만 있으면 되는, 그야말로 몸으로 때우는 사업이었다.

친구 영국이는 기술은 있지만 영어를 잘 못했다. 나는 기술이 없는 대신 그때 즈음 영어는 그럭저럭 통했기 때문에 조건이 잘 맞았다. 한인 타운에 발이 넓으니 그런대로 사업을 번창시킬 수 있었다.

내가 일감을 물어오면 친구는 견적을 냈다. 의사 사무실이나 변호사 사무실 페인트 일을 맡으면 밤을 새고 공사를 해야 해서 몸은 고됐지만 수입은 제법 짭짤했다. 집을 수리하는 일이나 큰 공사의 하청을 맡아 들어가는 경우도 있었다.

내 페인트칠 속도는 기술자들보다 세 배나 느렸지만 처음 하는 일이라 색다른 재미가 있었다. 페인트 사업을 할 때는 성철이라는 고등학교 후배 기술자가 많이 도와줬다. 성철이는 페인트의 독한 냄새를 많이 맡아 문둥이처럼 눈썹이 하나도 없었다. 지금은 다행히 눈썹도 잘 나고 골프 레슨 프로가 되었다.

당시에 내가 고생한다며 아는 이들이 일감을 많이 줬다. 몸을 쓰는 일이라 힘은 들었지만 평생 그때만큼 마음 편히 일한 적이 없는 것 같다.

웨스트세븐 리커스토어

1980년 한인 타운 리커스토어를 인수하면서 페인트 사업도 끝냈다. 리커스토어는 술과 식료품을 파는 상점이라고 생각하면 된다. 웨스턴 7가에 위치한 이 가게의 손님은 주로 흑인, 멕시칸, 그리고 약간의 한인들이었다.

내가 가게를 맡고 나서 매출이 25퍼센트 늘었고, 늘어난 손님의 대다수가 한인이었다. 가게 주변에는 싸구려 마약을 파는 멕시칸 갱 50여 명이 몰려다녔다. 그들은 내 가게의 손님이기도 했다.

하루는 술을 사던 그들이 카운터 앞에 있는 던힐 담배 두 갑을 훔쳐 달아났다. 그들이 나간 뒤 이를 발견한 나는 즉시 따라 나갔지만 그들은 이미 사라져 어디로 갔는지 알 수 없었다.

한참이 지난 뒤 한 무리가 볼링장 안으로 들어가는 것이 보여 따라 들어갔다. 담배연기가 자욱한 볼링장 안쪽에 두목으로 보이는 사람이 눈에 띄었다. 사업상 할 이야기가 있다며 그를 데리고 나오는데 한 무리가 뒤따라 나왔다.

일하는 아이에게 총을 빼 문을 향해 겨누고 있다가 한 놈이라도 문지방을 넘으면 내가 책임질 테니 쏘라고 말한 뒤 녀석의 주머니를 뒤져 던힐 담배를 찾아냈다. 멕시칸들은 말보로 박스만 피운다. 피우지도 않을 거면서 굳이 내 가게의 던힐을 훔쳐간 것이다.

아래 가게에서 샀다는 말을 무시한 채 바로 주먹이 날아갔다. 두목이 맞고 있자 밖에서는 '야, 총 가져와. 전쟁이다.' 하며 난리가 났다. 겁먹은 종업원 손에 들려 있는 총은 심하게 떨렸다. 후에 알았는데 얼굴이 시뻘겋게 달아올랐던 그 아이는 한국에서 이민온 지 3주밖에 되지 않았었다.

미국에 와서 나 때문에 험한 일을 처음 봤다고 생각하니 괜히 미안해졌다. 내 가게를 다시는 건들지 말라고 경고하고, 그날 밤 퇴근길에 차를 타러 갔는데, 그때는 이미 그들이 내 차를 돌로 찍어놓은 후였다.

다음 날 아침에 그들 아지트에 찾아가 마리화나를 피우고 있는 놈을 다시 잡아 전쟁을 치렀다. 그들은 멕시칸 마피아를 데려오겠다며 난리를 쳤다. 나는 어서 빨리 가서 데려오라고 부추겼고, 나의 이름과 인상착의를 들은 누군가가 그놈은 쿵푸 사범이고 독종이니 그냥 두라고 했단다. 그 후로는 그들도 고분고분해졌다. 이후 5년간의 장사는 별 탈 없이 끝났다.

고작 돈 몇 푼 때문에 그런 위험을 감수하는 나를 이해하지 못할 수도 있다. 하지만 하루에 3시간밖에 못 자며 일하는 내 것을 훔쳐가는 것은 참을 수가 없었다. 그리고 만약 가게의 담배 몇 갑이 없어진 그날 피해가 사소하다고 그냥 넘어갔다면 상황은 전혀 다른 방향으로 흘러갔을 것이다.

피해를 본 바로 그날 그들을 찾아가지 않고, 그들의 칼이나 총 따위에 겁을 먹고 며칠을 끌었어도 마찬가지다. 카사블랑카 갱들이 내 앞에서 돈을 내지 않고 주유를 한 것도, 멕시칸 마약 판매패가 내 가게에서 물건을 훔친 것도 주유비와 담뱃값이 아까워서가 아니다.

그들은 우선 내게 시비를 건 다음 내가 어떻게 행동하는지, 계속 훔칠 수 있는지를 확인한 것이다. 내가 그 '기 싸움'에서 눌렸다면 나는 나의 일터와 가족을 지킬 수 없었을 것이다.

이 '기 싸움', 즉 배짱의 기술은 포커 인생 전반에 걸친 승부의 요처에서 유용하게 쓰였고, 나는 덕분에 흔한 말로 재미를 많이 봤다. 물론 포커 승부는 배짱 말고 다른 요소로 결정되는 경우가 훨씬 많지만 말이다.

아침 7시에 가게를 열어 주중에는 저녁 11시, 주말에는 새벽 2시까지 장사를 한 지 8개월이 지날 때의 일이었다. 저녁시간만 되면 손님이 앞에서 이야기하는 소리가 백 미터 밖에서 소리치는 것처럼 들렸다. 이 증상이 한 달 넘게 지속되자 나는 의사를 찾아갔다.

의사는 내가 과로사의 과정을 밟고 있다고 했다. 가게 문을 열고 닫는 것 자체가 내겐 무리이고, 중간에 꼭 낮잠을 자야만 한다는 의사의 말에, 점심식사 후 얼음기계 옆 공간에 간이목침대를 놓고 1시간씩 잠을 잤다. 얼음을 계속해서 만드는 소리는 여간 시끄러운 것이 아니었지만 몸이 하도 고단하니 그 소리마저 자장가처럼 들렸다.

2주 정도가 지나자 귀가 정상으로 돌아왔다. 미국에 와서 나만 이런 고생을 한 것은 아닐 것이다. 미국에 이민 온 이민 1세대들은 다들 이런 어려운 과정들을 겪으며 2세들을 길러냈다.

리젠시 카지노

LA 벨 가든 시에 벨 카지노가 이름을 바꿔 리젠시 카지노(Regency Casino)로 새로 오픈하면서 나는 하우스플레이어로 그곳에 취직했다. 그런데 리젠시에서 일을 하며 진짜 세상에 믿을 놈 없다는 말을 실감했다.

케니 번디와 샌디에고 존은 당시 초일류 타짜였다. 세트메뉴처럼 붙어다니던 둘은 리젠시에서 다른 타짜들과 함께 속임수를 써서 돈을 벌었다. 내가 매일 일하고 있는 직장에서 타짜들과 매일 부딪치는 것은 생각보다 더 큰 스트레스였다.

나는 리젠시 카지노의 주인 샘 트로즌을 카메라 룸에 데려갔다. 그리고 그들이 어떻게 손님들을 속이는지 열심히 설명했다. 그가 조치를 하겠다고 해서 그날은 일을 끝내고 집에 갔다.

다음 날 카지노에 오니 그들이 나를 보는 눈빛이 달라져 있었다. 내 쪽으로 오지 않으면서도 동시에 나를 과하게 신경 쓰는 것이 느껴졌다. 자기들끼리 교환하는 암호도 바뀌었다.

샘이 그들에게 지미지미가 너희 속임수를 눈치 챘으니 사인을 바꾸라고 가르쳐준 것이 틀림없었다. 카지노 주인도 그들과 한통속이었던 것이다. 자기 아내인 비키 트로즌마저 속이는 타짜들을 돕는 것은 아내와는 다른 주머니를 차고 있다는 뜻일 것이다.

하지만 남을 속여 돈을 버는 수법이 영원할 리 만무했다. 리젠시는 손님들의 외면으로 머지않아 결국 문을 닫았다.

이혼의 아픔, 두 번의 문전박대

1984년 어느 날에는 집에 들어가려는데 열쇠가 맞지 않았다. 아이들이 열쇠를 잊어버려 바꿨다고 했다. 별일 아닌 듯 보이지만 이것이 12년 결혼생활의 마지막이라는 것을 직감으로 알았다.

아내는 나에게 바뀐 열쇠를 주지 않았다. 나가달라는 뜻이었다. 미국에서는 엄마에게 양육의 우선권이 있다. 아이들을 아내가 키우겠다고 하는데, 나는 여자 혼자 아이 둘을 키우려면 돈이 있어야 하니 재산은 당신이 다 가지라며 호기를 부렸다.

하지만 그때 내 주머니에는 달랑 2달러가 있을 뿐이었다. 솔직하게 말하면 이혼을 당하고 나서 더는 살고 싶지 않았다. 내가 자살이라도 하면 아이들의 상처가 평생 남을 테니 그럴 수도 없었다. 밥을 챙겨 먹으며 꾸역꾸역 사는 것도 괴로운 일이었다. 그때부터 굶어 죽으려고 소식을 했다. 두세 숟가락만 먹어도 배가 불러 더 먹을 수가 없었다. 우리 부부의 결혼은 부잣집 막내아들과 부잣집 막내딸의 만남이었다. 이에 대해서는 지금도 할 수 있는 말이 별로 없다. 그저 너무 어렸다는 말밖에.

이혼 후 한국에 있는 어머니에게 갔다. 내가 의지할 수 있는 유일한 사람이었다. 어머니의 반응은 내 마음과는 달랐다. 어머니는 운전기사를 시켜 내 가방을 마당에 집어던졌다. 네가 나이가 몇 살인데 나에게 기대려고 왔냐며 소리쳤다. 당장 나가라는 뜻이었다.

어머니가 자기 집에서 나가라는데 안 나가겠다고 싸울 수도 없고, 쑥스러워 자그마한 가방 두 개를 들고 뚜벅뚜벅 걸어 나왔다. 갈 곳이 없어 단성사 극장 뒤에 있는 한 여관을 찾았다. 여관비는 1만 2천 원이었다.

할 일 없이 빈둥댄 게 반년이었다. 부잣집 아들이 미국에 가서 성공했다는데 한국에 왜 오래 머무는지 궁금했을 만도 하지만, 고맙게도 아무도 내게 이를 묻지는 않았다.

불효자의 한

하루는 미국에서 온 친구가 술이나 한잔 마시러 가자고 했다. 나는 본시 술을 한 잔도 하지 못한다. 그러나 미국 집에서 한 번, 어머니 댁에서 한 번, 이렇게 문전박대를 두 번씩이나 당하니 힘든 마음에 그때는 나도 취하고 싶다는 충동을 이기지 못했다.

우리는 신사동에 있는 어느 술집으로 향했다. 근데 웬일일까? 한 잔만 마셔도 인사불성이 되는 내가 주는 대로 받아 마시는데 도무지 취하지 않았다. 난생 처음으로 양주를 반병 넘게 마신 것 같다.

양주 반병은 나에게 치사량에 버금가는 양이었다. 거기에 해

장술이라며 소주를 또 마셨다. 그러고 나서 보니 술집에서 나를 따라 나왔던 그 아가씨가 아직도 내 옆에 있었다. 나는 돈도 없고 미안해서 그냥 가주었으면 했지만 그 애는 내가 묵는 여관까지 따라왔다.

"오빠, 여기 살아요?"

나는 고개만 끄덕거렸다. 내가 누군지는 모르지만 나쁜 사람은 아닌 것 같고 내가 좋아 그냥 따라왔다고 했다. 그 애는 그렇게 한국에 머무는 동안 나의 벗이 되어주었다. 난생 처음 만난 그 여자에게 많은 신세를 졌다.

그때 나는 그녀와 결혼해서 함께 미국에 가기로 결심했다. 그러나 미안하게도 당장은 그렇게 하지 못했다. 한국에서 계속 건달처럼 지낼 수는 없는 노릇이었다.

다시 일을 할 생각을 굳힌 후 미국행을 택했다. 어머니를 모시고 수십 년간 일을 도우셨던 배 전무님께 전화를 걸어 미국에 다시 들어간다고 전했다.

김포공항에 도착하니 어머니께서 친구와 함께 나를 기다리고 계셨다. 수속을 마친 나에게 어머니는 5천 달러쯤 담긴 누런 봉투 하나를 내밀었다. 나는 그 돈을 공항 바닥에 집어던졌다.

"나와 어머니의 인연은 이것으로 끝났으니 돌아가셔도 내 앞으로는 유산도 남기지 마십시오." 하고는 뒤도 돌아보지 않고 출국장으로 들어갔다.

지금 생각하면 세상에 불효자식도 이런 불효자식이 없다. 나중에 어머니가 나 때문에 눈물로 하루하루를 지새우신다는 말을 전해 들었을 때 나의 모자람과 불효를 뉘우치고 뒤늦게나마 효도하려고 노력했다.

　　어머니가 내게 주신 사랑은 그 어떤 자식에게 주신 것보다도 크다는 것을 잘 안다. 철없는 나는 평생 어머니의 속을 썩이며 어머니의 흰머리를 늘렸을 뿐이다.

　　그 후 내가 성공해서 한국에 돌아왔을 때 어머니는 크게 기뻐하셨다. "나는 네가 큰 인물이 될 것이란 기대만 한 것이 아니라 확신하고 있었다."고 말씀해주셨다. 나에게는 어떤 것도 그보다 든든할 수 없었다.

시련의 연속

한국을 떠나 미국에 도착했지만 돈도, 갈 곳도 없었다. 다행히 차는 한 대 남아, 한인 타운에 주차하고 잠을 잘 수는 있었다. 하필 겨울이라 무척 추웠다.

10달러면 담요 한 장을 사서 춥지 않게 잘 수 있었을 텐데, 그런 생각을 할 여유가 없었다. 이럴 때면 나는 정말 바보 아닐까? 하는 생각이 든다. 그 시절에 오렌지카운티에 사는 큰누나에게 전화가 왔다. 갈 곳이 없으면 자기 집에 와 있으라는 것이었다.

추운 와중에 갈 곳마저 없던 차에 고마운 마음으로 큰누나 집으로 갔다. 큰누이는 부지런하고 정직하며 어머니 못지않게 근검

하기까지 하다. 하지만 누나는 어머니보다도 더 직설적이어서 남에게 말을 좋게 돌려 하는 법은 잘 모른다. 큰누나 집에 도착한 나는 '내가 어떻게 하다가 여기까지 왔는가.'라는 생각을 하느라 뜬 눈으로 밤을 지새우곤 했다.

큰누나 집에 머문 지 일주일쯤 되었을 때 큰누나가 나에게 넌지시 말했다. 뉴욕에 사는 의사 친구하고 의논해보았는데 "이혼한 동생이 집에 같이 사는 것은 아이들 교육에 나쁘다고 하더라."는 것이었다.

여기까지 들은 나는 쥐구멍이 어디 있나 찾았다. 나는 누나에게 나도 LA로 나가야 재기할 수 있을 것 같은데 어머니와 누나가 걱정할까봐 이곳에 있었다며 아무래도 이제 가야겠다고 말했다.

즉시 가방 두 개를 챙겨 차에 실었다. 저녁밥을 먹고 가라는 누나의 말에 점심을 늦게 먹었다며 둘러댔다.

"누나, 잘 있어."

웃는 얼굴로 손을 흔들고 돌아서자마자 내 눈에서는 금방 눈물이 주르륵 흘러내렸다. 이렇게 시작된 눈물은 LA에 도착하기까지 두 시간 넘게 멈추지 않았다. 사람의 몸에 이렇게 많은 물이 있는지 그때 처음 알았다.

아내에 대한 섭섭함과 문전박대하신 어머니에 대한 서러움, 게다가 누나의 직설적인 말들까지 모든 것이 내겐 고스란히 상처가 되었다. 감정이 북받치며 지난 일들이 주마등처럼 머리를 스쳤다. 그리고 그것은 다시 일어서기에 충분한 자극이 되었다. 부잣집 막내아들로 돈이 무엇인지도 모르고 철없이 살아온 나에게 닥친 첫 시련이었다.

그때 이 세상이란 곳은 내가 성공하기 전에는 부모도 형제도 없다는 것을 처음으로 깨달았다. 긴 설움 끝에 내가 철인이 되어 다시 태어나는 순간이었다.

나는 모두에게 흔연히 재기하는 모습을 보여줄 것이라고 혼자 되뇌었다. LA의 나성한국기원에 도착한 시간은 그로부터 두 시간 후였다. 눈물로 흠뻑 젖은 옷을 갈아입고 화장실에서 세수를 하고 거울을 보니 드라큘라가 따로 없었다.

두 시간 동안 쥐어짠 눈이 충혈되어 새빨갰다. 사람의 눈이 그렇게까지 빨개질 수 있다는 것도 그날 처음 알았다. 할 수 없이 선글라스를 끼고 기원에 들어갔다. 마침 천사장이란 분이 내기바둑을 청했다. 20달러 내기였는데 그때 내 수중에는 18달러밖에 없었다. 져도 줄 돈이 없으니 무조건 첫 판부터 이겨야 했다. 다행히 다섯 판을 내리 이겨 100달러를 벌었다.

재기의 종잣돈을 마련하다

이 돈은 재기의 종잣돈이 되었다. 또 일주일쯤 지났을까. 내가 밤에 기원에 주차한 차에서 자는 것을 본 사람이 있었나 보다. 여럿이 의논하더니 미스터 리라는 친구가 오늘 별일이 없으면 자기 아파트에나 가자고 했다.

그렇게 나를 집으로 데리고 가서는, 자기는 방을 쓰지 않고 응접실에서 잠을 자니 나보고 방을 쓰라고 열쇠를 쥐어줬다. 그래서 그의 집에서 두 달 정도 신세를 졌다. 5천 달러를 모아야 스왓밋에서 자판을 놓고 행상이라도 시작할 텐데 하며 나는 마음이 급해져만 갔다.

돈이 모일만 하면 나가는 일도 생겨서 5천 달러는 생각처럼 잘 모이지 않았다. 그렇게 두 달 동안 모은 돈이 1600달러였다. 문득 칩 존슨 교수가 생각났다. 장사 밑천 5천 달러를 벌기 위해 게임을 하러 간 카지노에서 그날 900달러를 잃었다. 스트레스를 많이 받은 탓에 미스터 리의 집에 돌아와 스무 시간을 넘게 잤다.

다음 날, 문제가 무엇인지 분석했다. 5년의 포커 공백기, 자금 부족, 그리고 소식으로 인한 건강 쇠약 때문이었다. 밥을 먹고 다시 카지노로 갔지만 싸울 만한 패가 들어오지 않았다.

소리 소문도 없이 금쪽같은 550달러가 나가고 수중에 150달러 정도가 남았다. 이거라도 챙겨서 나가야겠다고 생각할 때쯤, 좋은 패가 들어왔다. 그 판을 이기고, 내 운도 돌아왔다. 잃었던 돈을 모두 찾고, 1천 달러가 더 생겼다. 이날로부터 하루도 지지 않고 매일 1천 달러씩 벌었다. 그렇게 한 달이 지나자 3만 달러라는 거금이 생겼다. 그러자 한국에 두고 온 그 애가 생각났다. 참을 수 없을 만큼 보고 싶었다.

나는 3만 달러 중 1만 달러만 남기고, 5천 달러는 그녀 몫으로, 1만 달러는 그녀의 선물로, 나머지는 경비로 썼다. 그녀를 만나러 한국으로 돌아왔지만 그녀에 대해 아는 게 없었다. 전화번호도, 집도 몰랐다. 그때 딱 한 번 가본 그 신사동 술집 외에는 그녀를 다시 만날 방법이 없었다.

죽고 싶을 정도로 괴롭고 외로울 때 나를 챙겨준 그녀가 너무나 보고 싶었다. 다행히 그 술집을 찾아 그녀를 만날 수 있었고, 해운대에서 일주일을 함께했다. 그녀는 답답할 때면 술을 많이 먹고 내게 술주정을 했다. 그마저도 사랑스러웠다. 마냥 착한 사람이었다. 참으로 미안하다.

나는 다시 미국으로 돌아왔다. 5천 달러만 벌면 장사를 시작하겠다는 꿈은 어느덧 잊어버리고, 나는 새로운 여정을 준비하고 있었다.

재기를 향해 뛰다

1984년, LA 가데나에 있는 엘도라도(현 허슬러) 카지노에서 포커 게임을 다시 시작했다. 마침 그곳의 총지배인과는 예전에 게임을 같이하던 친구 사이였다.

나는 그에게 최근 내 사정 이야기를 하며 카지노의 프랍(Prop, 카지노가 고용한 플레이어)으로 나를 고용해달라고 했다. 그는 지금은 자리가 없으니 조금만 기다려달라고 말했고, 2주 뒤 나는 프랍으로 채용되었다. 당시에 슈퍼-프랍의 연봉은 7만 달러 정도였다. 당시 의사의 초봉과 비슷했다.

카지노의 주인은 조지 안토니였다. 손님이 없을 때는 나와 둘이서만 게임을 했다. 그렇게 시작된 게임은 항상 나의 승리로 끝나곤 했는데, 그가 약해서는 아니었다.

그가 욕심이 많다는 것을 이용해서 나는 틈만 나면 그를 약 올렸다. 그러면 그는 벌게진 얼굴로 말했다.

"지미, 한마디만 더하면 해고야."

프랍은 하우스플레이어라고도 불리는데, LA의 최고 강자들이 거기에 모여 있었다. 브레드 아바지안, 스탠리 골스틴, 헬, 람보, 아이 직, 해리스 등 로우볼의 대가들이었다. 웬만한 플레이어들은 그들과의 경쟁을 견디지 못하고 바로 그만뒀다.

모든 일이 그렇듯 이런 곳에 취직하게 된 것도 나름의 장단점이 있었다. 단점은 매일 하는 게임에 강자가 너무 많았다는 것이고, 장점은 그들의 여러 가지 기술을 그곳에서 한꺼번에 배울 수 있었다는 것이다. 브레드, 스탠리, 람보, 아이 직은 후에 나와 함께 정상의 반열에 올랐다.

한 달 수입은 2만 달러 정도였다. 월급은 생활비로 쓰고 남은 돈은 저축했다. 1년도 안 돼 자리를 잡아 LA 근교 세리토스라는 곳으로 집을 사서 이사했다.

그다음 해에는 전년도의 두 배보다 많은 돈을 벌었다. 기본 자금을 확보한 덕분에 일이 쉽게 풀렸다. 당시 내 수입은 LA 최고 플레이어들과 맞먹는 것이었다. 1986년에는 플라톤에 백만 달러짜리 저택을 사서 이사했다.

포커에 대한 자부심, 어찌 보면 자만심을 가질 즈음 텍사스홀덤과 7카드 스터드가 캘리포니아 법을 통과했다. 세계 최고 선수들이 이 게임들을 하기 위해 라스베이거스에서 물이 좋은 LA로 몰려왔다.

이때에 만난 사람들이 칩 리즈(세계랭킹 1위), 도올 브론슨(2위), 잭 루이스(3위), 요시 나카노(4위), 자니 첸, 단 즈윈, 스튜이 헝거, 하미드다. 바비 발드윈 같은 10위권 플레이어들은 세계 최상급 플레이어(World-Class Player)로 불렸다. 그들은 일 년에 백만 달러를 넘게 벌었다. 그들을 만나며 나 역시 세계랭킹 200위 정도에는 든다고 생각했다.

하지만 그것은 나만의 착각이었다. 그들과 겨루어본 결과는 참담하기 그지없었다. 내가 2천 등, 아니 2만 등 안에는 드는지조차 확신할 수 없었다. 아마 그 또한 안 되었을 듯싶다.

세계 최상급 플레이어가 되다

세상에는 대단한 실력의 프로들이 아주 많았다. 나는 캘리포니아라는 우물 안 개구리였고, 그들을 통해 진짜 하늘이 얼마나 넓은지 알았다. 당시 세계랭킹 4위인 요시는 나에게 도저히 감당할 수 없는 상대였다. 나와는 레벨과 체급 자체가 달랐다.

그와의 차이를 실감할 때마다 나는 한없이 작아졌다. 그 때문에 처음으로 은퇴를 생각하기도 했다. 이들과 매일 게임을 하는 것은 자살행위였다. 얼마 안 가서 거지가 될 게 뻔했다. 어떻게 모은 돈인데, 허무하게 날릴 수는 없었다. 이들을 피해 다니면 살아남을 수는 있을 것 같았다. 하지만 도망만 다니는 것은 자존심이

상했다.

포커로 세계 최고가 되고 싶다는 생각이 머리를 채웠다. 저들도 어머니 뱃속에서 포커를 배워서 나오지는 않았을 테니, 직접 배우고 터득한 기술 아닌가? 나에게도 포커의 자질이 있다면, 공부를 더 해서 세계 최고가 될 수 있지 않을까?

그길로 곧장 포커와 서비스 산업에 대한 서적을 사서 다시 공부하기 시작했다. 하지만 웬일일까? 하나를 외우면 열을 잊어버렸다. 도무지 공부에 집중할 수 없었다. 아직도 내 마음에 남은 미움과 서러움 때문이었다.

'어머니가 가방을 던지며 나를 내쫓지 않았다면, 나를 따뜻하게 맞아주셨다면 과연 지금 내가 바로 설 수 있었을까?' '아내는 결혼생활이 행복하지 않았으니 나와 헤어졌겠지. 그래, 내가 잘못한 거야.' '큰누나는 말을 돌려서 할 줄 몰라서 직설적으로 이야기한 거야. 오래 봤으니 충분히 이해할 수 있잖아.' '모두 내 잘못이야. 다들 내가 잘되기를 바라고 있어.'

생각을 정리하자 마음속 앙금이 사라졌다. 신발 속 돌멩이 같던 녀석이 사라지니, 마음 가는 대로 걸을 수 있었다. 앙금이 사라진 자리에는 새 디스크 하나가 생겼다. 나는 그 안에 포커에 대한 지식을 저장했다. 실력은 하루가 다르게 늘었다. 늘어나는 수입이 증거였다.

당대 최고 고수들과 매일 게임을 했다. 실전에서 배운 것을 집에서 복습했다. 언제부터인가 사람들은 나를 10위권 안에 드는 세계적인 선수로 인정해줬다. 드디어 내가 꿈에도 그리던 세계 최상급 플레이어가 된 것이었다.

가족상봉, 아이들을 보다

이혼 3년 만에 나는 포커 세계에서 극적인 성공을 거뒀다. 하지만 그때부터 때때로 아이들이 보고 싶어 머리가 텅 빈 느낌이 들었다. 산호세 인근에 산다는 것밖에 모르면서 아이들을 찾으려고 무작정 비행기에 올랐다.

나는 그때도 단순 무식했다. 이집 저집 우편함을 확인해보았지만 찾을 수 없었다. 그때 내 아들 또래의 학생들이 한 집에서 나오는 것이 보였다. 나는 얼른 달려가 혹시 에디 차를 아냐고 물었다.

"같은 학교 친구인데, 아저씨는 누구세요?"

LA에서 온 친척이라고 설명하니, 그는 이 동네에 살지 않는다며 자기 차를 따라 오라고 친절하게 말했다. 10분쯤 지났을까, 그들이 가르쳐준 낯선 집 문을 두드리니 어른이 다 된 막내딸 샌디가 나왔다.

샌디는 나를 보고는 아이처럼 울었다. 서로 끌어안고 한참을 울자 안내해준 친구들은 어안이 벙벙해졌다.

"Sandy, Are you OK?"

딸이 엄마에게 전화를 했다. 백화점 의류 매장 매니저로 일하고 있다고 했다. 곧 온다고 하기에 기다렸는데, 아내는 오지 않고 처형께서 오셨다.

"그동안 아이들 양육비 한 푼을 보내지 않은 사람이 무슨 낯으로 왔어?"

'뭐라도 알고 있어야 양육비를 주죠.' 그 시절 아내의 전화번호도 집 주소도 모르는 내가 양육비를 보낼 방도가 없었다는 변명이 턱끝에 차올랐다. 나는 말 대신 주머니에 든 봉투를 꺼냈다. 그동안 못 보낸 3년간의 양육비였다. 나는 처형을 꼭 누님이라고 불렀다.

"누님, 저는 싸우러 온 게 아닙니다. 제가 LA에서 자리를 잡아서 이제 도와줄 수 있어요. 제 아이들이 구차하게 살지 않았으면 합니다. 얼마의 생활비를 보내주면 좋을지 알려고 왔어요."

처형의 냉랭한 표정이 사르르 풀리는 것이 보였다. 하지만 아내는 그날 끝내 나타나지 않았다. 처형과 저녁식사를 같이하며

아이들을 주기적으로 보게 해달라고 했다. 한두 달에 한 번 정도
나 방학을 이용하여 함께 시간을 보내고 싶다고 말하니 좋다고
했다. 그날 저녁 LA의 집으로 돌아와 아내와도 통화할 수 있었다.
드디어 나에게 날개가 달린 것이다.

한국행, 그리고 오진

1996년에 어머니가 MRI를 촬영했는데, 뇌종양이라고 했다. 어머니에게 남은 시간이 3~4년뿐이라는 말을 듣고 일이 손에 잡힐 리 없었다.

포커를 그만두고 어머니가 돌아가시기 전까지 모시기 위해 1997년 한국에 돌아왔다. 좋아하는 바둑도 다시 두기 시작하고, 어머니의 회사일도 돕고, 경원극장 2층에 게임장과 커피숍도 차렸다.

방송도 하고 사업도 하며 바쁜 나날을 보냈다. 3년이란 시간은 빠르게 지나가 어머니를 보내드릴 마음의 준비도 하고 있었다.

그런데 우려와는 달리 어머니는 건강했다.

하루는 뇌종양에 관해 국내 최고 권위자인 이창훈 박사님에게 어머니를 모시고 갔다. 5분 정도 진찰을 하더니 박사님은 사뭇 진지한 표정으로 말했다.

"이건 뇌종양이 아닙니다."

알고 보니 뇌종양이 아니라 뇌수막종이었다. 머릿속에 물집이 있는데, 감마나이프라는 방사선치료를 받으면 금방 없어진다고 했다. 그간의 마음고생을 생각하니 오진을 한 다른 대학병원에 화가 났지만, 어머니가 오래 사실 수 있다는데 화를 내는 것도 이상한 것 같았다. 따지고 보면 좋은 소식을 들은 셈이었다.

"그럼 박사님께서 수고해주십시오."

박사님께 부탁하니 이런 정도는 어머니가 평생 다니시던 곳에서 편하게 치료받아도 된다고 했다. 원래 다니던 병원에서 재진을 받으니 역시나 뇌수막종이란다.

어머니는 우여곡절 끝에 감마나이프 치료를 무사히 마치고 일상으로 돌아왔다. 2000년, 나는 하던 일을 다시 어머니께 맡기고 미국으로 돌아갔다.

드라마 <올인>, 그리고 배우 이병헌

2000년 미국에 오기 전에 SBS 이종수 국장님이 나를 찾아왔다. 당시 안국정 상무님이 나를 주인공으로 쓴 소설 『올인』을 읽고 이를 드라마로 만들자고 했단다. 나는 두 번 생각도 하지 않고 이를 거절했다.

한국에서는 포커에 대한 인식이 좋지 않고, 그런 이야기로 유명인이 되고 싶지도 않았다. 그랬더니 그는 며칠 후 전략을 바꿔 나를 또 찾아왔다. 어머님이 훌륭하신 분이라 김용림 배우를 어머니역으로 배정하여 내 어머니의 삶을 그리겠다고 했다.

"그러면 어머니께 직접 말씀드리면 되겠네요."

나는 또 거절했다. 하지만 포기를 모르는 그는 그날 저녁에 또 나를 찾아왔다. 이번에는 양복 안주머니에 넣어둔 사표를 꺼내 내게 보여줬다. 이런 작은 일도 해결하지 못하면서 어떻게 드라마국장을 맡느냐고 회사에서 꾸지람을 받았다며 나의 동정심을 자극했다.

나 때문에 한 사람이 직장을 잃을 수도 있다는 것이 당황스러웠다. 나는 드라마 제작에 반대하는 것이 주변 사람들을 위해 어쩔 수 없는 일이라고 설명했다. 올인의 등장인물이 대부분 살아계시는 터에 이를 드라마로 만들었다가는 자칫 그분들의 명예에 누가 될 수도 있기 때문이었다.

이 국장은 그런 일은 최완규 작가에게 맡기면 되고, 유철용 감독 또한 유능한 사람이니 두 사람이 잘해낼 것이라 나를 설득했다. 그때 주인공은 이미 이병헌 배우로 내정되어 있었다. 나도 모르는 사이에 진도가 이렇게까지 멀리 나갔다니, 어차피 촬영할 거였으면 내 의사는 왜 물어본 걸까 하는 생각이 잠깐 머리를 스쳤다.

아무튼 이렇게 해서 여의도에서 당대 최고의 인기작가인 최완규와 유철용 감독, 초록뱀 미디어의 김기범 사장 그리고 이종수 국장과의 미팅이 성사됐다. 그 자리에서 최완규 작가는 어머니 이야기만으로는 시청률을 크게 기대할 수 없으니 나의 이야기가 주가 되어야 한다고 했다. 하여튼 프로들의 수순대로 걸려든 것이 분명해졌다.

미국에 돌아온 후, 유철용 감독과 최완규 작가는 미국에 대여섯 번을 방문했다. 나의 이야기가 사실과 다를 경우 문제의 소지를 없애기 위함이었다.

주인공인 이병헌씨도 세 차례 방문하여 나와 일주일씩 여행을 다녔다. 내가 이민 초기에 살았던 곳들, 일했던 가게들을 답사했다. 승부사의 생을 연기하는 것은 처음이라고 했다. 심적 부담이 상당해 보였다. 포커를 하나도 몰랐던 그가 라스베이거스와 포커, 그리고 나에 대한 철저한 연구를 통해 프로 포커 플레이어로 거듭나고 있었다. 말 그대로 역할과 하나가 된 것이다. 그는 타고난 연기자였다. 거기에 열정과 뚜렷한 직업의식이 더해지니 진정한 프로라는 생각밖에 들지 않았다.

이병헌씨와 허슬러 잡지의 창시자이자 허슬러 카지노의 주인인 래리 플린트를 만나러 간 적이 있다. 그날 이병헌은 래리 플린트의 인생을 그린 책을 들고 와 그에게 사인을 받았다. 사인을 받고 돌아오는 길에 쑥스러워 혼이 났다고 한다. 해주기만 하던 사인을 자기가 받는 상황이 되니 어색했나 보다. 하지만 미국에서 억만장자를 아무나 만날 수 있는 것은 아니다.

2002년 11월, 미국 신의 촬영을 위해 촬영 팀이 LA공항에 도착했다. 거기서 송혜교 배우를 처음 보았는데, 사람에게서 빛이 나는 것 같았다. 대단한 미인이었다.

유철용 감독과, 그때 만난 허준호, 한정국, 김주명은 아직도 친하게 지낸다. 준호는 내가 팬이었던 원로배우 허장강 선생님의 아들이다. 허장강 선생님은 악역을 주로 맡으셨지만 인품이 훌륭하시기로 영화계에서 소문이 자자했다. 아버지를 쏙 빼닮은 인품을 가진 그에게 유독 마음이 갔다.

정국이는 고등학교 3년 후배라 친하고, 주명이는 연극배우 출신이다. 뛰어난 연기력은 물론이고, 연극계의 어려운 환경 속에서도 연극인의 자존심을 잃지 않았다. 나는 주명이가 출연하는 연극은 꼭 직접 가서 봤다. 연극이 끝나면 출연진과 식사를 하기도 했다. 주명이처럼 어려운 환경 속에서도 자긍심을 가지고 자신의 일을 하는 사람들을 보면 존경심이 든다. 자기가 원하는 것을 알고, 그것의 가치를 탐구하고, 직접 행동하는 것은 절대 쉬운 일이 아니다.

올인 열풍, 시청률 50%에 다다르다

한국에서 온 제작진과 미국서 제작에 합류한 제작진까지 100여 명 가까이 되는 사람들이 몰려다니니 눈에 띌 수밖에 없었다. 주유소 습격사건을 촬영하던 날에는 그 동네 갱들이 자기들을 직접 출연시켜달라고 시비를 걸었다. 미국에서는 촬영을 할 때 전직

모터사이클 은퇴경찰 두 사람이 경호를 맡아야 한다는 법이 있다. 모터사이클이나 복장이 현직경찰과 똑같기 때문에 일반인은 구분할 수 없다.

아무튼 실제 경찰 출동으로 그날의 소동은 마무리가 되었지만 인근에 무슨 사고가 났는지 밤새 경찰 헬리콥터가 상공에서 떠나지 않았다. 소음 때문에 촬영이 여러 번 중단됐고, 결국 새벽 3시가 넘어서야 촬영이 끝났다.

호텔로 돌아온 제작진들은 바로 숙소로 들어가 두어 시간이라도 잠을 청할 수 있지만 감독들은 그럴 수가 없다. 촬영감독, 음향감독, 조명감독, 조감독 두 명, 감독, 이들이 회의를 하다 보면 날이 밝았다. 한숨도 못 잔 감독들은 샤워만 겨우 하고 다음 촬영지로 떠났다.

유철용 감독은 올인을 촬영하는 6개월 동안 일주일에 10시간밖에 자지 못했다고 한다. 그들은 드라마의 성공을 위해 초인적인 힘으로 버티고 있었다.

감독들은 3일에 3시간 정도를 자면서 졸 수도 없었다. 감독이 졸면 피곤에 지친 제작진 전부가 졸기 때문이다. 그렇게 완성된 드라마는 따뜻한 안방에 송출되고, 우리는 그곳에서 아무 힘도 들이지 않고 드라마를 본다. 이들의 수고를 안 이후에는 한 편의 드라마도 쉽게 생각할 수 없게 되었다.

드라마 속 마피아 두목 집에는 도베르만이라는 투견 두 마리가 나온다. 이들의 출연료가 하루에 2500달러다. 두 마리를 합치면 5천 달러, 이틀을 출연했으니 총 1만 달러를 줬다. 주연보다 몸값이 비쌌다. 사람이 개만도 못하다고 푸념하는 것이 우습고 짠했다.

라스베이거스에서 드라마를 촬영하던 중 잭팟(Jackpot)이 1억 5천만 달러로 올라갔다. 제작진 몇몇이 팔자를 고치겠다며 촬영 도중 슬그머니 없어지곤 했다. 그들은 슬롯머신에 달려가서 1달러를 넣고 왔다. 잭팟만 터지면 이 생활도 끝이라고.

우여곡절 속에 만들어진 드라마 올인은 2003년 1월 15일에 드디어 전파를 탔다. 공교롭게도 나의 52번째 생일이었다. 이날 저녁에 제작진이 모두 모여 나의 생일을 축하하고 드라마의 성공을 기원하는 저녁식사를 했다. 식사가 끝나갈 무렵 침묵의 시간이 흘렀다. 드라마의 첫 방송시간이 다가왔기 때문이다. 우리는 뿔뿔이 흩어져 집에 갔다.

드라마가 시작되자 라스베이거스의 불타는 듯한 전경을 배경으로 웅장한 음악이 흘러나왔다. 내가 좋아하는 '해 뜨는 집'이 배경음악인 것에 한 번, 김현식 선생의 현란한 개인기에 또 한 번 매료되어 집중하다 보니 어느새 드라마가 끝이 났다.

여운을 즐길 새도 없이 전화벨 소리가 요란하게 울렸다. 축하한다는 전화가 폭주했다. 올인의 시청률은 점점 더 올라 50퍼센트에 다다랐다. 그야말로 올인 열풍이었다. 군에서도 수요일과

목요일은 병사들의 요구로 올인 드라마를 시청한 후 취침을 했다고 한다.

3장

속고 속이는 세상, 카지노 이야기

"세상에는 여러 가지 내기가 존재하고
어떤 내기이든 액수가 커지면 반드시 속임수가
동반된다는 사실을 숙지해야 한다.
학창시절에 단 한 번의 좌절도 겪어보지 않고 자란 사람,
즉 공부를 잘해 학벌도 좋고 머리도 좋으며
남에게 지는 것을 싫어하는 사람은
속임수 설계사가 노리는 최상의 먹잇감이 된다."

카지노의 탄생

    카지노는 1860년경 중세 유럽에서 시작되었다. 18세기부터 19세기까지, 왕국의 재정을 충당하기 위한 귀족들의 사교장이 오늘날 카지노의 시초다. 'Casino'라는 명칭은 'Casa'라는 이탈리아의 작은 마을 이름에서 따왔다고 한다.

    19세기 중반, 미국 남북전쟁 당시에는 미시시피 주에 200여 척의 호화 여객선에 있는 카지노가 성행했다. 대부분의 포커 게임도 이 즈음 만들어졌다. 당시 서부에서는 'Bar'마다 포커 테이블이 있어 카우보이들이 포커 게임을 하다가 총싸움으로까지 번지곤 했는데, 이는 영화 장면으로도 종종 등장한다.

그 유명한 샌드위치가 처음 만들어진 곳도 이 포커판이었다. 샌드위치는 게임 중 간단하게 요기를 해결할 수 있는 최고의 음식이었기 때문이다. 미국에서는 포커를 도박으로 생각하지 않고 일종의 '마인드 스포츠'로 여긴다.

미국에서는 19세기 말경부터 뉴올리언스를 중심으로 카지노가 공식 개설, 허용되었다. 그 후 뉴저지 주와 네바다 주 전역에 걸쳐 많은 호텔들이 카지노 영업을 하고 있다. 미국에서는 인디언 보호구역에도 인디언의 복지를 위하여 카지노를 허용했으며, 이는 각 주의 법에 따라 자율적으로 운영된다.

현재 세계의 카지노에서는 여러 가지 이름으로 각종 포커대회가 열리고 있으며, 그 중에서도 월드 시리즈 오브 포커라는 대회는 규모가 크기로 유명하다. 6월 말부터 8월까지 거의 매일마다 새로운 시합이 열리는데, 총 상금의 규모가 작은 것은 40억 정도이며 맨 마지막에 하는 월드 챔피언십의 총 상금은 1,000억이나 되어 하루아침에 수십 명을 백만장자로 만들어주곤 한다.

말로써 상대방을 홀린 '제이미 골드'

1986년도 여름의 히어로(영웅)는 제이미 골드라는 할리우드의 영화 프로듀서였다. 포커는 취미삼아서 하는 정도의 수준이었지만, 그는 말로써 상대방의 판단을 흐리게 하고 있었다. 제이미는 계속해서 상대방 플레이어가 생각하는 것을 방해하려고 떠들어댔다.

사실 그것은 제이미가 상대적으로 약한 패를 가지고 있다는 뜻이기도 했는데, 아무도 그것을 눈치 채지 못했다. 일류 선수들에게 걸렸다면 그의 우승은 전혀 가망이 없는 일이었을 것이다. 그러나 한 등수의 상금 차이가 5억에서 10억 이상 나다 보니 우승에 집착하기보다는 살아남아 한 푼이라도 더 받기 위한 게임이 이루어졌다.

그들은 제이미가 친 그물에 귀신에 홀린 듯이 말려들고 있었다. 제이미가 블러핑을 치면 모두들 카드를 내려놓고, 좋은 패를 잡으면 콜을 했다. 제이미 골드의 원맨쇼라고 해도 과언이 아닐 정도였다.

마지막 테이블에 남은 자들 중 프로 포커 플레이어는 단 한 사람이었다. 아홉 사람이 남은 상황에서 남은 칩이 가장 많던 데이비드라는 젊은 프로선수가 가장 강력한 우승후보로 예측되고 있었다. 나머지 선수들은 인터넷 포커 선수들이었기 때문에 가히 실력이 대단하다는 인상을 주지는 못했다.

데이비드가 제이미에게 큰 팟을 블러핑당한 바로 직후, 두 사람의 칩은 거의 비슷해졌다. 남은 사람은 다섯이었다. 데이비드는 킹 두 개, 제이미는 8 두 개를 가지고 있었다. 제이미가 지고 있는 상황이었지만 그걸 알 리가 없었다. 제이미는 계속해서 쉬지 않고 떠들고 있었다. 그때 바닥에 10, 8, 5가 떨어졌고, 제이미의 승으로 승부는 끝났다.

마피아가 만든 대박의 명소 '라스베이거스'

　그 유명한 라스베이거스를 만든 사람은 '벅시'라는 마피아다. 그는 마피아의 중간보스 급으로 마피아 중에서도 나쁜 짓만 일삼던 사람이었다. 벅시가 동부를 들렀다 차로 돌아오는 길에 라스베이거스를 지나다 갑자기 "여기다 카지노를 짓는다면 대박이 날 것"이라고 말한 곳이 지금의 플라밍고 힐튼 호텔이다.

　벅시는 마피아들에게 카지노가 대박이 날 수 있는 사업이라며 마피아의 여러 조직 자금을 투자받아 플라밍고 카지노를 오픈한다. 카지노는 불법자금의 세탁이 용이하다는 점에서 마피아들에게 매력적인 사업 수단이었다. 호텔의 '플라밍고'는 그의 애인인

버지니아 힐의 다리가 플라밍고의 다리처럼 가늘고 예쁘다는 것에서 유래한 이름이다.

벅시의 예언대로 카지노는 성황리에 큰 성공을 거뒀고, 그는 곧 돈방석에 앉았다. 그러자 각처의 마피아들이 돈세탁이 쉬운 카지노를 찾으면서 카지노 호텔에 대한 투자 열풍이 일었다. 그리고 그것은 훗날 라스베이거스의 초석이 된다.

벅시의 애인 버지니아가 카지노에서 200만 달러를 사취한 사건이 있었다. 마피아들은 배후에 벅시가 있다고 생각했다. 그들은 비벌리힐스 자택 응접실에서 쉬고 있던 벅시를 기관단총으로 무참히 살해했고, 이를 안 버지니아 힐은 1996년 오스트리아에서 스스로 생을 마친다.

이후 미국 최고의 억만장자 하워드 휴즈의 카지노 투자가 성공하며 전문 투자자들의 투자가 이어졌고, 현재 라스베이거스의 모습이 갖춰지게 되었다.

하워드는 휴즈 항공사와 영화계를 주무르는 록펠러와 버금가는 미국 최고의 큰손이었다. 어느 날엔가 하워드가 라스베이거스를 지나다 호텔에 들러 방을 요구했는데, 허름한 옷차림을 본 카지노 매니저가 불친절한 태도로 방이 없다며 그를 거절했다고 한다. 화가 난 그는 매니저를 해고하기 위해 한밤중에 호텔 주인을 찾아가 호텔을 사들이고 매니저를 해고했는데, 그곳이 오늘날의 프론티어 호텔이다.

라스베이거스는 모하비 사막의 한중간에 위치하고 있다. 사막의 한중간에 라스베이거스를 지을 수 있었던 것은 후버댐 덕분이다. 후버댐은 강이 없던 사막 계곡에 댐을 완성한 뒤, 콜로라도 강물을 끌어들여 만든 세계에서 낙차가 가장 높은 댐이다.

40도가 넘는 살인적인 더위와 난공사 때문에 댐 공사 시 많은 인명피해가 있었다. 그런데 불행인지 다행인지 그때가 1930년도 세계경제공황 당시였기 때문에 실직자들이 전국에서 몰려들어 차질 없이 공사를 진행할 수 있었다. 캘리포니아 절반의 전력을 공급하는 후버댐은 그렇게 완공되었고, 이는 라스베이거스의 탄생을 가능하게 만들었다.

캘리포니아 LA에서 차로 4시간 반 정도 소요되는 라스베이거스는 수많은 위성 도시를 만들어냈다. LA에서 라스베이거스로 가는 길에는 휴식을 취할 수 있는 도시들이 우후죽순 생겨났다. 그중 하나가 군수공장으로 미국의 탱크를 생산하고 있는 바스토다. 인구 3500명의 이 소도시는 라스베이거스로 가는 관광객들의 쇼핑 명소이기도 하다.

포커의 스승 '칩 존슨'

1977년 이란혁명으로 팔레비 왕이 물러나고 1차 오일쇼크가 왔을 당시에 나는 오렌지카운티에서 작은 옷가게를 운영하고 있었다. 가겟세도 내기 어려운 형편이 되자 세를 벌기 위해 주말이면 LA에 있는 카지노로 포커를 하러 다녔다. 그때 나의 포커 수준은 아마추어 6급 정도였다. 때마침 바둑을 좋아하는 칩 존슨 교수가 한국에서 바둑 프로기사가 미국으로 이민 왔다는 소식을 듣고 나를 사방으로 수소문하고 있었다.

우연히 내가 포커 게임 하는 것을 지켜본 그는 나에게 본인이 시간당 100달러를 받는 포커학 교수임에도 무상으로 포커를 가르쳐줄 테니, 그 대신 나는 자신에게 바둑을 가르쳐줄 것을 제안했다.

바둑과 포커를 교환하여 교수했으면 좋겠다는 것이었다. 그러면서 내게 그 정도의 포커 실력으론 밥 먹고 살기가 힘드니 공부를 해야 한다고 했다. 운칠기삼(運七技三)이라고 생각한 게임에 공부가 필요하다니 처음에는 도통 이해가 되지 않았다. 하여튼 이렇게 시작된 포커 공부는 신기하기만 했다.

도박에도 수학적인 계산과 확률에 의한 최상의 정답이 있었다. 그는 주먹구구식이 아닌 정확한 계산에 근거해 펼쳐지는 포커의 세계로 나를 안내했다. 상황에 따라 확률을 계산해내는 방법과 플레이하는 과정, 그 결과까지 모든 것에는 법칙이 있었다. 바둑에만 정석이 있는 것이 아니었다. 그제야 나는 겨우 포커에 눈을 뜬 셈이었다.

한국에서 학생으로서 한 공부는 주로 선생님의 말씀을 주입해 받아들이는 식이었다. 내가 학교 공부에 취미를 붙이지 못한 것도 이 때문이었다. 그러나 포커는 달랐다. 공부하는 방법을 배운 다음 그것을 바탕으로 나만의 방법을 터득하여 그것을 재창조해야 했다. 그 후 나는 포커의 매력에 푹 빠지게 되었다.

05

카드의 속임수 '마킹'과 '타짜'

카드의 속임수는 보통의 경우 두 가지로 나눌 수 있다.

첫 번째는 마킹(Marking)이다. 카드에 미리 자기만 알 수 있는 표시를 해놓는 것인데, 수백 가지의 방법이 있어 다 설명하기도 힘들 정도다. 그렇지만 간단하게 아래와 같이 나눌 수는 있다.

포커 플레이어들은 중요한 카드의 일정 부분을 잘라내는 방법으로 A 같은 중요한 카드가 어디에 있는지를 알아내기도 하고, 적외선을 감지하는 안경, 선글라스, 콘택트렌즈 등을 이용해 카드 뒤에 있는 표식을 찾아내는 수법을 사용하기도 한다.

게임 중에 손톱으로 표식을 하거나 한쪽 카드를 구부리는 방식을 사용하고, 매니큐어, 잉크, 크레용 등으로 표시하는 방법도 있다. 동네 편의점에서 방금 사와 새로 오픈하는 카드도 믿어서는 안 된다. 카드를 예리한 면도칼로 포장이 훼손되지 않게 뜯어 자기만이 아는 표시를 한 후 같은 방법으로 봉해 편의점에 염가로 다시 배포하면 누가 사와도 카드에 마킹이 되어 있기 때문이다.

카드의 마킹을 찾아내는 기초적인 방식은 의외로 간단하다. 음악에서는 음률이나 리듬이 있는데 카드 게임도 마찬가지다. 저음과 고음이 너무 자주 섞여 나오면 사기인 것이다. 게임의 흐름이 파도처럼 일정한 리듬을 가지고 있어야만 정상적인 게임이라고 할 수 있다.

두 번째는 타짜다. 일류 타짜는 새 카드를 열어 한참을 셔플을 하고 나서 다시 펼쳐 보이면 한 장의 카드도 섞여 있지 않고 새 카드 상태 그대로 있다. 일류 타짜는 카드의 절반인 26장을 정확하게 떼어 카드를 한 장씩 셔플할 수도 있고 섞었던 카드를 전부 다시 원위치시킬 수도 있다.

카드의 무게로 숫자가 낮은 카드와 높은 카드를 구분하는 사람도 있다. 낮은 자는 사용된 잉크의 양이 상대적으로 적어 가볍고, 높은 자는 잉크가 많아 무겁기 때문인데, 그 무게의 차이를 손끝 감각으로 알아내기도 한다. 손끝에 잡은 카드의 무게에 집중하여 반복해서 연습하면 이것이 가능하다고 한다.

거울처럼 반사되는 물건, 반짝이는 지퍼라이터나 등을 이용해 상대방에게 패를 나누어줄 때 라이터 위로 지나가게 하여 거기서 비치는 상대방의 패를 미리 보는 방법도 있다.

통상적으로는 카드의 일정 부분을 섞지 않는 방법이 가장 많이 사용된다. 카드 섞는 소리로 구분할 수 있는데, 일정 부분의 섞는 소리가 둔탁하게 들리면 고의적으로 그 부분을 섞지 않기 때문인 것이다. 이 경우 카드를 컨트롤하기 위하여 새끼손톱을 길게 기르는 경우가 많이 있다. 이것은 3류 타짜의 수법이다.

카드를 뗄 때에 몇 장을 떼었는지도 물론 알 수 있다. 카드를 떼는 것은 기초적인 것으로, 보통사람들도 일주일만 집중해서 연습하면 몇 장을 떼었는지 알 수 있다.

미리 준비한 주사위와 카지노가 사용하는 주사위를 바꿔치기 하는 수법으로 승부를 조작하기도 한다. 주사위의 원하는 숫자의 반대편에 소량의 납을 넣어 무게 중심이 한쪽으로 쏠려 일정한 숫자만 나오게 되는 방식인데, 예를 들어 1자의 뒷면에 소량의 납이 들어 있으면 6자가 나오게 되어 있다. 반대로 6자의 뒷면에 납이 들어 있으면 1자가 나온다.

주사위는 앞과 뒤의 숫자를 합하면 7이 된다. 2자가 나오게 하려면 5자 쪽에 납이 들어 있다고 보면 된다. 이러한 가짜 주사위를 물이 담긴 컵에 넣으면 반드시 납이 든 쪽으로 가라앉는다. 이러한 주사위는 라스베이거스에 있는 카지노기구 전문 판매점에서 판매한다. 결국 주사위를 바꾸어가며 사용하여 카지노를 속이는 것이다.

반대로 카지노가 손님을 상대로 속이는 기술도 많이 있다. 카드를 넣어놓은 슈 박스의 한쪽 구석에 딜러의 각도에서만 볼 수 있는 작은 거울을 사용하여 앞으로 나올 카드를 미리 보고 나오는 카드의 순서를 바꿔치기하는 방식이다. 이 방법은 소규모 영세 카지노나 선상 카지노에서 주로 쓰인다.

또 한 가지는 탄(미리 조작되어 있는 카드)으로 바꿔치기하는 방식이다. 이 경우에도 카드의 온도 차이를 보고 알아낼 수 있다. 먼저 사용하던 카드는 사람의 체온이 묻어 있어 따뜻하나 새로 바꿔치기한 카드는 상대적으로 차갑기 때문이다. 이것을 영어로는 'Cold-Deck'이라 부른다.

인터넷 카지노의 속임수도 나날이 발전하고 있다. 포커의 고수들과 컴퓨터 프로그래머가 합작하여 만든 로봇이 있는데, 인터넷 카지노에 접속만 해놓으면 로봇이 인공지능을 가지고 돈을 버는 것으로, 이는 웬만한 플레이어보다 강하기 때문에 그야말로 돈을 찍어내게 된다.

이 경우 로봇은 말을 할 수 없기 때문에 욕을 하거나 말을 시켜도 대답을 하지 못하는데, 이것이 로봇을 찾아내는 유일한 방법이다. 영어로는 줄여서 '봇(Bot)'이라고 부른다.

플레이어 세 명 정도가 짜고 치는 경우도 있고, 한 사람이 세 곳의 다른 아이피 주소로 한 곳에서 여러 패를 동시에 보고 하는 방법도 사용한다. 한국에서는 메인서버에서 남의 패를 한꺼번에 다 보는 방법을 주로 사용한다.

미국에서도 인터넷 안전요원과 짜고 앞으로 나올 카드를 자기 편에게 미리 알려주는 수법으로 수천만 달러를 속여 FBI의 수배를 받은 사람도 있다.

그 외에도 타짜 혹은 마귀라고 부르는 이들은 A, B, C, D 등급 정도로 분류할 수 있다. 한국에는 한 동네에 타짜나 마귀가 300명 정도 존재하고 있다. 예를 들어 신사동이나 압구정동에는 각기 300여 명의 카드나 화투의 타짜가 살고 있다는 뜻이다.

타짜가 나와 같은 선수를 만나면 그러한 기술을 쓸 수는 없다. 나는 상대의 기술을 역이용할 수 있기 때문에 고양이 앞의 쥐가 되고 만다. 포커를 오래한 사람들은 눈을 감고도 상대가 셔플하는 소리만 들어도 무슨 짓을 하고 있는지 알 수 있다.

액수가 큰 내기에는 반드시 속임수가 따른다

　놀음에는 속이는 방법이 3천 가지 있다고 한다. 포커에 800가지, 화투에 600가지, 그 외에 마작, 골프, 바둑 등 모든 큰 내기에는 속이는 방법과 호구를 잡기 위해 설계하는 설계사가 있다. 화투는 패 자체가 손안에 들어가는 크기로 아주 작아 속이는 기술이 너무나 많다.

　타짜는 손안에서 자유자재로 순서를 바꿀 수도 있고 밑장을 빼는 기술 또한 마술사 수준으로 할 수 있다. 고스톱을 칠 때에는 광을 팔고 죽은 사람의 패를 서너 장 훔쳐와 자기가 가지고 친다. 중요한 장면에서 항상 치고받는 것은 자기 손에 있는 화투를 다시 올려놓고 치기 때문이다. 아마추어의 경우 화투를 올려놓을 때 '착' 하는 소리가 나는데 타짜는 소리가 나지 않는다.

마작에서는 자기가 속해 있는 방(자기가 이기는 숫자)을 자기편에게 알려주는 방법을 사용한다. 이때 자기들만의 미리 약속된 은어인 암호가 사용된다. 짜고 치는 자기편에게 자기 패가 좋고 나쁨을 가르쳐주기도 한다. 자기편이 필요한 자를 불러주면 자기편이 패를 뜰 차례에 맞추어 필요한 자를 그곳에 갖다놓는다.

자기 앞의 패를 자기가 유리하도록 조작하는 것도 많이 사용되는 수법이다. 마작의 속임수 또한 역시 너무 많아 여기서 다 설명할 수는 없다.

바둑에서는 자신의 급수를 속이는 방법을 주로 사용하거나 고수가 미리 그곳에 설치된 몰래카메라로 보고 무전으로 훈수해주는 방법을 사용한다. 급수를 속이고 상대에게 바둑을 장기간에 걸쳐 계속해서 져주는 방식으로 상대에게 자기는 호구라는 인식을 심어주어 안심시킨 후, 판을 크게 키워서 크게 이기는 방법도 사용한다.

골프의 경우에는 설계사로부터 미리 상대의 실력과 재산상태까지 정확히 전해 듣고 수개월에 걸쳐 져주는 방식으로 깊이 끌어들인 후, 내기를 크게 키워 한두 번에 걸쳐 다시 이겨버리는 방식을 사용한다.

세상에는 여러 가지 내기가 존재하는데, 어떤 내기이든 액수가 커지면 반드시 속임수가 동반된다는 사실을 숙지해야 한다. 학창 시절에 단 한 번의 좌절도 겪어보지 않고 자란 사람, 즉 공부를 잘해 학벌도 좋고 머리도 좋으며 남에게 지는 것을 싫어하는 사람은 이런 설계사가 노리는 최상의 먹잇감이 된다.

내가 아는 속임수에 대해서는 책으로 몇 권의 양을 써야 전부를 기필할 수 있으니, 여기서는 이만 줄이겠다.

카지노를 무대로 이런 기술을 사용하는 타짜도 있는데, 이들은 카지노가 사용하는 카드 한 장을 훔쳐온 뒤 바꿔치기하는 수법으로 수십억 혹은 수백억의 카지노를 턴다. 한국의 카지노들은 현재까지도 이런 수법을 쓰는 타짜들에게 털리곤 한다.

엉망진창 스튜이

| 카지노에서 만난 사람들 1 |

스튜이 헝거는 마약 중독자의 말로를 걸어갔다. 마약은 나보다 여덟 살이나 어린 그를 죽인 뒤에야 비로소 그를 해방시켜주었다.

스튜이의 첫인상은 일체의 근심 걱정 따윈 없는 어린아이 같았다. 그는 장난기 가득한 눈으로 주위를 둘러보는 버릇이 있었다. 숱이 많은 금발을 찰랑거리면서 여느 사람들 같으면 별로 우습지 않은 일에도 함박웃음을 터트리곤 했다.

나는 천진난만한 그가 좋았다. 내가 그렇듯 사람들은 대개 스튜이를 좋아했다. 그는 170센티를 약간 넘는, 서양 남자치곤 작은

키에 마른 체형이었다. 그런 외형을 하고 행동까지 단순하게 하니 매사를 만만하게 본 건지도 모르겠다.

스튜이는 일류 포커꾼의 세 가지 자질을 모두 갖춘 타고난 선수였다. 그의 카드 센스와 배짱, 빠른 판단력은 따라올 자가 없었다. 그러나 그의 인내력을 앗아간 마약은 그의 자질마저 무력화시켰고 그는 자주 파산했다. 실력이 대단한 데다 큰 규모의 게임을 주로 하니 잘될 때는 일주일에 200만 달러 이상을 벌기도 했다. 하지만 그는 그 돈을 스포츠 베팅에 몽땅 털어 날리기 일쑤였다.

이 엉망진창의 스튜이! 그러나 저절로 정이 가는 스튜이를 뉴욕의 마피아 보스 중 한 명인 P도 대단히 좋아했다. 그는 "누구든 스튜이를 건드리면 사막의 들개 밥이 될 것"이라며 스튜이를 지켰다. P는 일 년에 한두 차례 LA나 라스베이거스로 스튜이를 만나러 건너왔다.

P는 스튜이를 만날 때 어김없이 나를 초대했다. 스튜이가 워낙 날 좋아했기 때문이다. 우리 셋은 P가 서부에 오면 애용하는 이탈리아 식당에서 근사한 저녁 식사를 함께했다.

어느 날 LA 바이시클 클럽에서 P의 부하 둘이 P가 지켜보는 가운데 윌리라는 남자를 번쩍 들어 클럽과 식당을 연결하는 통유리판에 던져버렸다. 유리가 깨지고 보안요원이 뛰어왔다. P는 겨우 정신을 차린 윌리에게 다가가 조용히 말했다.

"나 스튜이 친구다. 여기서 다시는 네 얼굴을 안 봤으면 한다."

윌리는 그날 이후 바이시클 클럽에 얼굴을 비추지 않았다. P의 말을 따르지 않았다면 윌리는 정말로 사막의 들개 밥이 되었을지도 모를 일이었다. 놀란 나는 P 일행이 나간 뒤 스튜이에게 물어봤다.

"윌리하고 무슨 일이 있었던 거야?"

"응, 며칠 전에 그 자식하고 게임을 했는데 돈을 잃었으면 잃은 거지 '약쟁이한테 졌으니 이걸로 약이나 실컷 사 처먹어라' 이러잖아. 그래 좀 다퉜지."

"근데 P가 어떻게 알고 온 건데?"

"그날 안부 전화가 와서 이런저런 이야기를 하다가 윌리 이야기도 잠깐 나왔는데, 하 참 뉴욕에서 바로 와갖곤 저런 거야. 그러라고 말한 게 아닌데 말이야."

사람 좋은 스튜이는 남에게 피해를 주지는 않았다. 그가 파괴하는 것은 철저하게 자기 자신이었다. 언젠가 LA에서 밤에 스튜이가 게임을 하다 말고 밖으로 나갔는데, 두 시간쯤 지나 그에게서 연락이 왔다. 사람을 보낼 테니 돈을 대략 2만 달러 줘서 자기에게로 보내라는 부탁이었다. 두 시간 전에 나갈 때 분명히 1만 5천 달러 정도가 있었는데 그걸 벌써 다 써버린 것이었다.

"거기 어디야? 그 큰돈을 벌써 다 썼냐?"

"응, 여기 술집(스트립 조인)인데 기분 내는 거지 뭐."

스튜이는 술집 사장부터 최말단 직원에게까지 팁을 쫙 뿌린 뒤 가게 문을 닫게 했다. 그러곤 스트리퍼들을 전부 발가벗긴 채로 술을 마시고 코카인을 흡입했다고 한다. 매사가 그런 식이었다. 그러니 그가 자주 파산을 하는 건 지극히 당연한 일이었다.

2000년 월드 대회에 나왔을 때도 그는 파산 상태였다. 빌리 백스터라는 친구가 스튜이의 참가비를 대신 냈다. 그가 챔피언이 되면 상금을 반씩 나누고, 안 되면 참가비는 없던 일로 하는 조건이었다.

스튜이가 침착해지면 행운의 여신 도움이 없는 한 아무도 그를 이기지 못한다는 사실을 나는 알고 있었다. 스튜이는 그 대회에서 우승함으로써 세 번째 챔피언이 되었다. 포커대회 사상 세 번이나 챔피언이 된 사람은 지금까지 스튜이가 유일하다.

상금 100만 달러는 빌리와 나눠 가졌다. 스튜이는 자기 몫 50만 달러로 그날 밤 라스베이거스에서 대대적인 노상 파티를 열었다. 그리고 딱 1년이 지났다. 그 사이 스튜이는 여전히 마약과 스트리퍼들의 늪에 빠져 살았다. 나에게 연락도 자주 하지 않았다.

그 해의 챔피언십 대회가 열리기 사흘 전쯤, 나는 라스베이거스 벨라지오 호텔 카지노에서 아는 사람들에게 가벼운 마음으로 블랙잭을 코치하고 있었다. 그때 전화가 걸려왔다. 스튜이였다. 여전한 웃음소리였지만 목소리는 메말라 갈라져 있었다.

"형, 나야. 오랜만이네. 나 여기 스위트룸에 있어. 누굴 보낼 테니까 3천 달러만 줘어줘. 응?"

물어보지 않아도 뻔했다. 마약 값일 것이다. 조금 후 스튜이가 보낸 사람이 날 찾아왔다. 스튜이는 이제 한 발을 천길 벼랑 앞 허공에 내딛은 상태였다. 그를 말리고 말고 할 상황은 이미 오래 전에 지나버렸다. 나는 3천 달러를 마약 딜러로 보이는 사람에게 건넸다. 스튜이에게는 전화하지 않았다.

그리고 사흘 후 어김없이 찾아온 시합 당일에 스튜이는 보이지 않았다. 장내 아나운서가 스튜이의 불참을 알려왔다. 사람들은 그러려니 했다. 늘 그래왔으니 말이다. 그리고 3일 뒤 스튜이는 마약 중독으로 숨진 채 발견되었다. 발견 당시 그의 옆에는 아무도 없었다고 한다. 나의 절친 천재 포커 선수 스튜이는 그렇게 허무하게 떠났다.

타고난 도박꾼 알치

| 카지노에서 만난 사람들 2 |

노름을 유난히 좋아하는 피 혹은 혈통, 영어로 겜블링 블러드를 타고난 개인, 나아가 민족이 있다고 한다. 동양에서는 중국인과 한국인이 선두를 다투고 서양에서는 그리스인이 단연 앞선다고 한다.

알치는 그런 그리스인의 겜블링 블러드를 온몸으로 보여준 사람이었다. 알치는 1999년 완전히 파산했다. 글자 그대로 무일푼의 거지 신세가 되었다. 무지막지한 베팅의 결과였다.

LA의 커머스 카지노, 나에게 올인당한 알치가 내 쪽으로 다가왔다. 그는 성격대로 남이 듣든 말든 넉살 좋게 내게 말했다.

"지미지미, 비행기 삯 좀 빌려주쇼. LA서는 완전 똥 됐소. 라스베이거스 가서 뒤집을 거요."

선수끼리는 게임할 때 몇 만 달러 정도는 흔하게 빌려주곤 한다. 그러나 밥값, 비행기 삯 같은 걸 꾸는 일은 거의 없다. 일종의 불문율이다. 하지만 나는 그에게 500달러를 건넸다. 비행기 삯은 200달러면 됐지만 그것만 주면 낯간지러울 것 같아서였다. 알치가 오른손으로 왼손가락들을 눌러 따닥 소리를 냈다. 감사의 표시였다.

그날 밤 알치는 바로 라스베이거스로 날아갔다. 그날 밤부터 석 달간 펼쳐진 '알치 쇼'는 라스베이거스 도박 사상 최고의 장면 중 하나로 꼽힌다. 그는 석 달 동안 무려 4300만 달러를 땄다. 라스베이거스 카지노 역사상 전무후무한 기록이었다.

초콜릿을 모조리 긁어가 카지노에 비상이 걸린 적도 여러 차례였다. 초콜릿이란 5천 달러짜리 초콜릿 색깔 칩을 가리킨다. 고객에게 초콜릿을 줄 수 없게 된 카지노의 비상 대책은 정말 코미디였다. 알치의 얼굴을 집어넣은 2만 달러짜리 임시 칩들을 만들어 그걸 알치가 독식한 5천 달러짜리들과 교환한 것이었다.

지금도 호슈 카지노에는 알치 칩이 있다. 도박판에서 알치는 요즘 한국에서도 폭발적인 인기를 모으는 격투기 선수들 중에서 비유하면 밥 샙에 가깝다. 거의 마구잡이로 펀치를 휘두르다가 상대에게 제대로 몇 대 꽂히면 이기고 그렇지 않으면 지는 스타

일이다.

문제는 초일류 세계에서는 그런 스타일이 잘 먹히지 않아 지는 경우가 훨씬 더 많아지게 된다는 것이다. 알치도 일류 포커 플레이어로 분류되지만 그는 주사위 게임을 또 하나의 주 종목처럼 즐겼고, 희한하게도 주사위판에서 짭짤하게 수익을 내는 경우가 더 많았다. 게다가 배짱이 센 친구라 베팅이 워낙 화끈해질 땐 다 털리지만, 이길 땐 상대방의 껍질까지 벗기는 경우도 심심찮게 연출했다.

알치의 질주를 손 놓고 지켜보기에는 상황이 너무 심각했다. 확률적으로는 알치의 승리가 가능하지만 그건 어디까지나 이론적으로 그렇지 현실에서는 불가능에 가까운 것이었다. 그렇다고 알치에게 주사위 게임을 못하도록 할 수도 없었다.

"우리가 모르는 뭔가가 도대체 뭘까?"

카지노들이 깊은 고민에 빠졌다. 알치의 대박 행진이 계속되자 카지노 측에서는 진작부터 알치의 플레이를 녹화한 테이프를 면밀하게 검토했지만 아무런 이상 징후도 발견하지 못하고 골머리만 끙끙 앓고 있었다. 주사위 게임에서 속임수라면 카지노에서 내주는 주사위를 미리 몰래 준비한 주사위로 바꿔치기하는 것일 텐데, 그건 사실상 불가능한 방법이었다.

그래도 혹시나 해서 철저하게 살펴봤지만 역시 바꿔치기는 절대로 아니었다. 그럴 때 한 카지노에서 묘안이라면 묘안을 내놨다. 그것은 주사위를 손안에서 굴리다가 던지는 알치의 손동작을 360도 가능한 모든 각도에서 촬영해 분석하는 것이었다. 알치의 손을 클로즈업으로 찍는 이 작업은 관계자 외에는 아무도 몰래 진행되었다.

"10만 달러."

돈이 휴지조각처럼 보일 정도로 돈을 긁어모은 알치는 그때도 그 큰돈을 가볍게 노래하듯 베팅했다. 카메라가 돌아갔다.

"아니, 이럴 수가."

카지노 측은 경악했다.

그들은 알치가 돌아간 후 테이프를 느린 화면으로 분석했다. 그리고 그들은 놀라운 사실을 알아낸다. 알치는 두 개의 주사위 중 한 개를 원하는 대로 제어하고 있었다. 그것은 속임수라고 할 수도 없었다. 그러나 인공적인 기술로 확률을 유리하게 조종했다는 점에서 공정한 플레이라고도 할 수 없었기 때문에 카지노들은 다음과 같이 결론을 내렸다.

'앞으로 알치는 주사위를 던질 때 손안에 주사위를 넣을 수 없고 손가락은 두 개만 사용하라.'

알치가 이미 4300만 달러를 챙긴 후였다. 알치 쇼의 대미는 정말 라스베이거스의 방랑자 알치다웠다. 그는 주사위로 번 4300만 달러를 불과 1년여 만에 모조리 날려버렸다.

사업에 투자한 것도 아니고 대부분이 나도 자주 낀 포커 게임

등에서 잃어버렸다는 것이 알치다웠다. 4300만 달러라면 1년여에 잃으려고 애를 써도 다 못 잃을 규모이다. 당시 내가 하루에 알치에게 이긴 최고액수는 97만 달러였다. 당시 한화로는 12억 정도였다.

에릭 돌핀

| 카지노에서 만난 사람들 3 |

1994년 미라지 호텔 카지노. 점심시간 후 몸이 약간 날짝지근할 때다. 에릭 '돌핀' 드레익이 귀여운 아기를 안고 들어섰다. 나이 오십에 낳은, 눈에 넣어도 아프지 않을 딸이다. 에릭은 늘 웃음띤 얼굴로 다닌다. 그러면 돌고래와 똑 닮았다. 웃음만큼이나 마음씨도 좋은 사람이었다.

"야, 귀여우셔라. 예뻐요, 따님."

아기의 파란 눈이 나를 가만히 본다. 에릭이 또 돌고래처럼 온 얼굴에 미소를 피운다. 아기도 에릭을 따라 웃는다. 에릭이 품에 안은 딸을 좌우로 흔들며 말했다.

"아가야, 이 아저씨 때문에 우리 집에 우유가 없단다."

"아니, 아무리 말을 못 알아듣는 아기 앞이지만 듣는 사람은 영 무안합니다. 하하."

"그래? 무안해? 그럼 무안하지 않게 해줄게. 밤에 한 게임 뛸 테니까 밑천 좀 대주라."

"그럽시다. 까짓것."

에릭은 과거 미라지 호텔 카지노의 포커 룸 사장이었다. 일류 호텔 카지노의 경우 대개 바카라, 룰렛, 슬롯머신 코너 등은 직영하고 포커 룸만은 포커 전문가에게 위탁해 경영한다. 포커 플레이어 관리, 딜러 교육 등등이 고도의 전문성을 요구하기 때문이다.

에릭은 포커 룸 사장으로 있을 때 포커 룸 수입의 25퍼센트 정도를 자기 몫으로 받았다. 그게 연간 100만 달러가 넘어 가만히 있어도 저절로 부자가 됐을 사람이었다. 그러나 그는 포커 룸을 경영하는 것보다는 큰 플레이어들과 승부하는 것을 즐겼다. 포커 승부사가 되고 싶었나 보다.

문제는 그의 실력이었다. A클래스로는 아무래도 미흡했다. 그러나 B클래스에서 리미트 100/200달러 수준으로 붙으면 충분히 이길 수 있는 실력이었다. 그런데 그는 항상 A클래스와 리미트 400/800부터 1000/2000달러 같은 큰 게임을 즐겼고, 결과적으로 돈을 잃는 경우가 훨씬 많았다. 그러니 포커 룸 수입이 많은들 소용이 없었고 오히려 빚까지 자주 졌다.

라스베이거스 카지노 역사상 단기간에 가장 많은 돈을 딴 사람은 주사위 게임의 알치다. 또 단기간에 가장 많은 돈을 잃은 사람도 알치다. 석 달 새에 4300만 달러가 들어왔다가 1년여 만에 그 돈이 몽땅 나간 알치의 경우는 너무나 특별하니 그는 예외로 하자.

그러면 에릭이 아마 카지노 포커 역사상 가장 많은 돈을 잃은 사람일 것이다. 포커 룸 사장이라는 그 좋은 자리의 수입을 다 날리는 데다 빚까지 지면서도 그는 늘 웃으며 이렇게 말했다.

"난 말이야. 나보다 수준이 낮은 사람하고 치면 재미가 없어. 져서 돈 잃는 것보다 같이 치는 재미가 더 좋은데 난들 어떡하느냐 말이야."

'어떡하기는 뭘 어떡해. 그렇게 안 하면 되지.'라는 명쾌한 답이 있지만, 당사자로서는 좀체 고치기 어려운 듯했다. 마음씨 좋은 사람이 흔히 그렇듯 에릭은 세상을 모질게 살지 못했다.

팁을 주는 것도 그랬다. 플레이어들은 이기면 당연히 딜러들에게 팁을 꽤 많이 주지만 지면 한 푼도 안 주는 경우가 많다. 그러나 에릭은 졌을 때에도 팁을 꼭 줬다. 이런 사람이니 그에게 돈 좀 꿔준들 어떠랴.

카지노에서는 게임을 하다 한 시간 이상 자리를 뜨는 사람의 칩은 봉투에 넣어서 따로 보관한다. 어느 날 내가 게임을 하다가 저녁을 먹고 돌아와 봉투를 열어보니 칩이 원래 있던 것보다 모자랐다. 어떻게 된 일이냐고 플로어맨에게 묻고 있는데 에릭이 헐레벌떡 뛰어왔다.

"헤이, 지미지미. 내가 급해서 말이야. 글쎄 그걸 조금 가져갔 거든."

주인 허락 없이 칩을 가져가는 건 있을 수 없는 일이다. 하지만 사람 좋은 에릭에게는 화가 나지 않았다. 그에게는 그만큼 정이 갔다.

"에릭, 그 칩들이 행운을 부르기를."

에릭은 카드 속임수 전문가다. 정확하게 말하면 속임수를 판별하는 데 최고의 전문가다. 하지만 그 자신이 남을 속이는 데는 전혀 관심이 없다.

카드 게임에서 사기꾼들이 써먹는 속임수가 800가지나 된다. 나도 속지 않으려고 속임수에 관해 많은 공부를 했지만, 이에 대해 나보다 잘 아는 사람은 에릭뿐이다. 다행히 지금은 방송 피디가 되어 포커 게임 방송을 제작한다. 뒤늦게나마 제자리를 찾은 것 같다.

떠벌이 브래드

| 카지노에서 만난 사람들 4 |

우리를 보는 사람들마다 소리 내어 웃었다. 어떤 사람은 배를 잡고 웃다가 눈가를 훔치기도 했다. 카지노 포커 룸 사상 듣도 보도 못한 광경이었을 것이다. 그러나 우리는 자못 진지하게 게임에 임했다. 듣도 보도 못한 광경이란 무엇이었나. 그건 바로 떠벌이 브래드의 입을 스카치테이프로 봉한 것이었다.

이상하게 느껴질 수 있지만 엄연히 합의 하에 이루어진 게임이었다. 그는 게임 내내 떠들어댄다. 어떨 땐 신경이 거슬려서 게임을 제대로 못할 정도로 이 말 저 말 해대는데 내용도 거의 100퍼센트 포커 게임에 관한 것이다.

일상적인 잡담을 하면 차라리 좀 나을지 모르겠다. 그는 쉴 새 없이 어제 누구랑 붙었는데 걔가 어떤 실수를 했고, 그저께는 이런 경우가 있었는데 이렇게 할 걸 그랬으면 좋았을 걸 그러지 않아서 손해가 났고 그다음 판엔 상대방이 이렇게 해서 자기가 또 이렇게 했고, 아까 오후 판에서는 내가 아무래도 콜을 잘못했으며, 체크 레이즈를 해서 팟을 키웠어야지 그 좋은 기회를 그냥 날리니까 결국 제대로 먹지도 못하고 운만 공중에 날려버린 게 아니냐, 그리고 일주일 전에 같이한 그 친구는 타고난 소질이 별로인지 이럴 때 이렇게 했어야 하는데 저렇게 하는 걸 보니까 한심한 생각도 들고, 어쩌고저쩌고 또 어쩌고저쩌고 끝도 없이 떠들어대는 것이었다.

그건 브래드 자신도 도저히 고칠 수 없는 천성이었다. 문제는 그런 그의 장광설을 참고 들어줘야 하는 상대방들이었다. 신경이 곤두서서 자신도 모르게 브래드와 심리전을 치러야 했다. 다시 말해 전혀 뜻하지 않게 브래드가 설치해놓은 – 사실은 천성 때문에 저절로 만들어진 – 덫에 걸려들어 게임을 망치는 경우가 많았던 것이었다.

브래드의 떠벌이 기질은 나에게도 골칫거리였다. 웬만해서는 흥분하지 않는 나이지만 브래드하고 게임할 때는 감정의 끝부분이 일어서곤 했다. 그 때문에 손해도 종종 났다. 브래드는 나보다 아홉 살쯤 적다.

"브래드, 네 실력이 나보다 낫다고 생각하니?"

"내가 이긴 적이 더 많은 것 같은데요."

"운도 실력의 한 종류지."

순간 내 머릿속에서 스카치테이프가 떠올랐다. 내 입에서 웃음이 피어올랐다.

"너, 나하고 게임하고 싶지?"

"그럼요."

"내 돈 따먹는 재미가 쏠쏠하지?"

"그럼요."

"근데 앞으로 너하곤 게임 안 할 거야."

"왜요?"

"네가 하도 떠들어대니까 머리가 지끈거리고 아파서 그래."

"…."

"나하고 게임하려면 조건이 하나 있어."

"뭔데요?"

"네 입에 스카치테이프 붙이는 거."

"예?"

브래드가 입을 벌리고 한동안 나를 보더니,

"그럽시다. 그까짓 거."

라고 대답했다.

"좋아. 약속했다."

스카치테이프가 붙은 브래드는 그렇게 탄생했다. 나하고 게임할 때만 그랬다. 물론 모든 게임을 다 그렇게 한 건 아니었지만 많은 경우 스카치테이프를 동원했다. 그렇게 어느 정도 시일이 흘렀다. 재미있는 사실은 브래드가 떠벌리며 할 때는 승률이 그렇게 좋더니만 입 다물고 하니까 죽을 쑤는 것이었다.

"말하고 싶어 입이 근질근질하지?"

"응응응."

"그럼 말해."

"응응?"

"근데 또 조건이 있어."

이번엔 무슨 장난을 치려고 이러는가 하는 궁금증이 가득 담긴 눈과 스카치테이프를 붙인 입으로 나를 보는 브래드를 보니 웃음이 터져나왔다.

"30초 말하는데 100달러씩 내라. 어때?"

브래드가 고개를 가로저었다. 그러더니 이내 고개를 끄덕였다. 게임 성적이 안 좋은 게 말 안 하고 쳐서 그런 것 같은 데다가 떠버리 천성을 참을 재간이 없었던 모양이었다. 테이프를 뗐다.

"후유, 젠장, 살 것 같네."

그런데 그 얼마 후 발견한 건데 브래드에게 희한한 변화가 일어나고 있었다. 테이프를 붙이기 전에 했던 것처럼 그렇게 조금도 쉬지 않고 떠벌이던 브래드가 아니었다. 여전히 말수가 적진 않았지만 확실히 전과는 달랐다. 30초에 100달러 어쩌고 하는 돈이 아까워 그러는 게 결코 아니었다. 테이프를 입에 붙이고 있는 동안 그의 내면에 어떤 깨달음 같은 게 깃든 모양이었다.

"브래드야."

"왜요?"

"요새 사람이 바뀐 것 같네."

"나야 똑같은 나지. 뭐가 바뀌어요?"

"테이프 붙인 거, 사실은 네 습관 고치는 데 도움이 될까 싶어서 그랬는데 말이다."

"좌우지간 고마워. 난들 왜 내가 말이 많은 걸 모르겠어요. 근데 이상도 하지. 테이프를 입에 붙이고 있으니까 그전하곤 달리 마음이 잔잔해지는 게 몸도 편안해지는 거 있지."

"고맙다고 그러니까 오히려 내가 고맙다. 말이야 바른 말로 하자면 네 입 때문에 사람들이 많이 힘들어했거든."

브래드는 스물일곱 젊은 나이에 할리우드의 비벌리힐스 저택에 독신으로 살며 리무진에 스포츠카에 하인 겸 운전기사까지 두고 호화스러운 생활을 즐겼다. 그가 카지노에서 전화를 걸면 운전기사가 득달같이 달려오곤 했다.

브래드의 게임 상대 중 최대의 물주는 미키마우스 토니였다. 토니는 디즈니랜드 캐릭터 사용제품을 납품하는 사업가로 굉장히 돈을 많이 벌었지만, 그 돈 중 상당부분을 브래드에게 갖다 바쳤다. 물론 포커 게임에서 진 결과다.

　그러나 역시 돈은 돌고 도는 것인가. 브래드의 포커 운은 아무도 따라갈 수 없었으나 그의 사업 운은 영 신통치 않았다. 그는 늘 만만하게 돈을 따먹던 바로 그 미키마우스 토니에게 투자했다가 실패해 왕창 말아먹었다. 운명의 장난처럼 토니에게 나온 돈이 다시 토니에게로 갔다가 공중에 떠버린 꼴이었다. 90년대 중반이 채 안 됐을 때였다.

싸움꾼 잔

| 카지노에서 만난 사람들 5 |

포커를 치면서 가장 말을 많이 하는 친구가 브레드라면, 잔은 '말다툼'을 가장 많이 하는 친구라고 할 수 있다. 둘 다 천성인 것 같은데, 브레드는 그래도 귀여운 구석이라도 있지만 잔의 성격은 그야말로 고약하다.

축구선수 출신인 잔은 머리가 비상한 데다 재테크에 아주 능해 포커로 딴 돈을 가지고 주로 경매로 넘어가는 집을 사서 고친 다음 세를 주거나 팔아 어마어마하게 많은 돈을 벌었다. 포커 플레이어는 부업이고 부동산업이 주업이었다.

자연히 잔은 칩이나 도올, 스튜이나 나 같은 승부사가 아니었다. 돈을 따는 게 절대의 목적이었다. 그래서 게임도 자기가 약한 홀덤은 피하고 레즈 같은 자신 있는 종목만 했다. 거기에다가 결정적으로 사람들이 잔을 귀찮게 여긴 이유는 카지노에만 들어오면 단 하루도 안 싸우고 나가는 날이 없었기 때문이었다.

싸우는 이유도 제멋대로였다. 웨이트리스를 시켜 가져온 커피를 가지고 뜨거우니 차가우니, 설탕을 더 탔느니 덜 탔느니, 하여튼 옆에서 보면 시비를 위한 시비를 걸어 기어코 한바탕 벌이고 가는 식이었다. 다툴 사람이 없으면 청소원하고라도 다투고 갔다.

나도 예외없이 그와 다툰 적이 있다. 매번 싸우는 잔을 보다 못한 내가 그에게 내기를 걸었다.

"잔, 자네가 카지노에서 안 싸우고 나가면 내가 자네한테 1000달러를 줄게. 대신 자네가 카지노에서 누군가와 싸운 날은 나한테 100달러만 주는 거 어때?"

'카지노의 평화에도 기여하면서 그의 입장에서는 돈도 공짜로 벌 수 있는 좋은 기회 아닌가?' 싶었지만 그건 어디까지나 내 생각이고, 그는 불같이 화를 냈다.

"지미, 지금 나를 비꼬는거야?"

이후 이야기는 너무 시끄러우니 생략하겠다.

신기한 것은 잔이 카지노 밖에서는 180도 사람이 변해 사회사업에 기부도 잘하고 또 아르메니아인 중 가난한 사람들을 열심히 돕는다는 사실이었다.

어느 날 잔은 또 예의 고향을 사랑하는 마음이 발동해 아르메니아 축구선수들을 자택으로 초청해 성대하게 파티를 열었다. 그 자신이 축구선수 출신이라 다른 파티와 달리 밴드까지 동원하고 고급 와인을 아끼지 않고 내놓았다. 잔도 상당한 양의 와인을 마신 상태였다고 한다.

그런 상태에서 잔은 20대들이 하는 농구 경기에 뛰어들었다. 재미로 하는 경기였지만 게임의 생리가 그렇듯이 곧 과열됐고 잔 역시 몸을 사리지 않고 뛰다가 그만 심장발작을 일으켜 숨지고 말았다.

잔은 돈을 열심히 밝혔지만 이상하게도 남에게 돈을 잘 꿔주기도 했다. 쓸쓸한 사실은 그들 중 대부분이 갚기는커녕 모른 척 입을 싹 씻는 걸 내가 옆에서 지켜봤다는 것이었다.

트로이 목마

| 카지노에서 만난 사람들 6 |

"에이, 오늘 왜 이리 안 풀려."

트로이 허슨이 투덜댔다. 포커 테이블에 앉은 우리는 눈웃음을 주고받았다. 그는 게임이 잘 풀리지 않을 때마다 특이한 행동을 했다. 카지노를 돌아다니며 가장 마음에 드는 이성을 찾은 다음, 시간당 임금을 주겠다 약속하고 게임을 하는 자기 옆에 앉혀 놓는 것이다.

어디서 데려온 건지, 얼마를 주는 건지 아무도 모르지만 누가 봐도 최고의 미인만 데려왔다.

"역시 트로이야."

"트로이 목마 안엔 미녀들만 가득 찼지."

우리에게 미인계를 쓰려는 것인지는 모르지만 옆에 앉은 사람이 포커를 모른다면 꽤 지루했을 것 같다. 몇 시간을 멍하니 알지도 못하는 사람 옆에 앉아 있어야 하니 말이다.

트로이가 언제부터 그랬는지 정확하게 아는 사람은 없었다. 그런데 매력적인 여인을 옆에 앉혀놓으면 그때까지 죽을 쑤던 게임이 희한하게도 술술 풀리는 경우가 많았다. 트로이로서는 거부할 수 없는 징크스였던 것이다.

카지노 사람들은 징크스를 중요하게 생각한다. 어떤 사람은 팬티를 갈아입지 않고, 어떤 사람은 머리를 감지 않거나 깎지 않는다. 특이한 마스코트를 가지고 다니는 사람들도 흔하다. 여자의 팬티를 입고 다니는 다소 변태 같은 친구도 있지만, 아시안 계통의 플레이어들은 부적이나 거북, 용, 돼지 모형, 옥돌 등을 좋아하고 서양 친구들은 인형, 금화 등을 지니고 게임에 임한다.

나에게도 한 가지 규칙이 있었는데, 게임의 승세가 계속될 때는 지는 날까지 바지를 갈아입지 않는 것이었다.

트로이는 A급 플레이어는 아니었다. 그러나 그는 20년 넘는 세월을 A급 플레이어들과 붙으면서도 잘 견뎌냈다. 10년 전 그는 라스베이거스 생활을 접고 고향 미시시피로 돌아갔다. 아마 행운의 여신의 도움이 다했다고 생각한 것일까?

제2의 스승 단

| 카지노에서 만난 사람들 7 |

나는 1970년대 초반 대학생 시절에 두 개의 판을 누비고 다녔다. 하나는 바둑판이요, 또 하나는 포커판이었다. 고백하건대 나는 당시 번번이 호구(사기도박 피해자) 노릇을 했었다.

타짜들의 술수에 가진 돈을 몽땅 털리곤 새벽이슬에 젖기 일쑤였다. 남을 속여서 돈을 버는 도박꾼을 타짜라고 부른다. 사기도박판에선 정상 포커 게임이라면 10~20년에 한 번 나올까 말까한 경우가 걸핏하면 튀어나왔다.

타짜가 나에게 K포 카드를 만들어준다. 판돈이 눈앞에 긁어놓은 낙엽처럼 쌓인 상황에서 나는 속으로 기뻐 날뛴다. K포 카드를 그 누가 당하랴. 저 돈더미가 몇 초 후면 몽땅 내 거다. 하지만 몇 초 후 허탈감에 몸을 부르르 떠는 건 나였다. 상대는 때로는 무심한 표정으로, 때로는 미안한 표정으로, 때로는 낄낄거리며 나에게 A포 카드를 보여줬다.

그 모든 것이 나를 속이기 위한 작전이었다. 번번이 그런 식으로 당했다. 미국에서 포커 게임을 할 때였다. 당시 가디나에 있는 카지노는 플레이어가 돌아가며 딜러를 했기 때문에 메커닉(Mechanic)이라고 부르는 타짜가 300여 명 정도 있었다.

단 게릇은 나의 친구이자 스승인데, 그는 초일류 타짜 중 한 명이었다. 그가 나를 인간적으로 좋아하게 되자 내가 타짜들에게 당하지 않도록 그들이 사람들을 어떻게 속이는지 시범을 보여줬다.

나는 그의 손놀림에 감탄하며 열심히 듣고 보면서도, 밝은 대낮에 카지노에서 이런 수법들을 쓴다는 단의 이야기를 의심하기도 했다. 하지만 다음날 카지노에서 본 타짜들의 모습은 단이 나에게 이야기했던 그 이상이었다. 그들이 사용하는 암호나 카드를 섞는 모습 무엇 하나 그의 이야기와 다를 게 없었다. 나에게 단이란 친구가 없었다면 아직도 나는 꿈속을 헤매고 있었을지 모른다.

단은 어쩌면 허깨비처럼 인생을 살다 갔는지도 모른다. 그는 여자친구 래드와 함께 코카인 파티를 즐겼다. 래드는 카지노에서 칩 교환 장사도 하고 칩으로 돈놀이도 했다. 단과 레저는 파티 손님들이 오면 반드시 팬티까지 모두 벗겨 세탁기에 넣어 돌렸다.

벌거벗은 남녀들이 코카인에 절어 뒤엉켜 돌아가는 광경은 악마의 파티에 다름없었다. 100여 명에 달했던 LA의 타짜들은 80년대 중반 딜러 제도가 들어오면서 캘리포니아를 떠나 전국으로 흩어졌다. 단은 80년대 말까지 LA 커머스 카지노에서 딜러로 일했지만 늘 궁색했다.

나이는 이미 60줄에 들어서 있었다. 단은 게임을 하고 싶으면 나한테 찾아와 1천 달러씩 빌려갔다. 이기면 갚고 지면 그냥 갔다. 90년대가 막 시작될 때 단 게롯은 쓸쓸하게 세상을 떠났다. 길거리에 뒹구는 낙엽 같은 타짜의 일생이었다.

속기만 했던 요시

| 카지노에서 만난 사람들 8 |

처음 만난 요시는 나로 하여금 은퇴를 생각하게 만든 장본인이다. 오키나와 미군부대 군무원이던 아버지 덕분에 미군부대에서 태어나 미국 시민권자가 된 그는, 유도 유단자이면서 성격도 원만해 친구도 아주 많았다. 당시 세계랭킹 4위였던 그는 우스갯소리로 내가 대성한 후에는 매년 나에게 50만 달러씩을 상납했다고 말하기도 했다.

요시는 속임수를 여러 번 당했는데, 그 사례를 두 가지만 들어보겠다.

한 번은 그가 LA에 있는 바이시클 카지노에서 게임을 하다가 마킹덱에 당하고 있었다. 마침 나와 에릭이 한인 타운에서 식사를 하고 그곳에 들어섰다. 에릭이 "이거 누가 가지고 온 거야?" 하며 카드를 지적했다. 그곳 카지노의 카드는 높은 자에는 광채가 나며 낮은 자는 광채가 나지 않는 마킹카드였다. 플로어맨이 그들에게 2천 달러를 받고 카드를 바꾼 것이었다. 당연히 카지노는 요시가 잃은 돈 5만 달러를 배상했고, 플로어맨 대니는 형사입건되고 해고당했다.

또 한 번은 나도 이따금 초대받아 갔던 프라이빗 게임으로, 비벌리힐스에 있는 웨스턴호텔에서 벌어진 일이었다. 그날 게임은 5시간 동안 예약되어 있었다. 나는 약속시간까지 게임을 끝내고 3만 달러를 따서 카지노로 돌아왔다. 그런데 요시는 만 달러 바이인 노리밋 홀덤을 주최자와 계속 하다가 10만 달러를 잃었다.

그가 요시의 상대가 되지 못함에도 계속해서 이겼다는 것에 이상함을 느끼고 나와 에릭은 요시와 함께 다시 웨스턴호텔로 돌아갔다. 방 화장실에 요시의 결혼반지를 빼놓았다고 키를 요구하니 어떤 방이냐고 되물었다. 주최자가 빌린 방이 두 개였기 때문이다. 키를 받아 방에 들어가니 테이블 위에 있던 샹들리에가 보이지 않았다. 샹들리에의 행방을 묻자, 대답인즉 주최 측이 달아놓았다가 도로 떼어갔다고 했다.

답은 분명해졌다. 샹들리에 속에는 마킹을 볼 수 있는 카메라가 숨겨져 있었을 것이다. 옆방에서 요시의 카드를 보고 가르쳐

췄을 것이다. 그 후 그 주최자는 미국 전역에 있는 모든 카지노 출입이 제한되는 조치를 받았다.

요시는 속이는 기술에 대하여 공부하지 않아 속임수를 당한 적이 여러 번 있지만 번번이 나와 에릭의 도움으로 구제되었다. 실제로 카지노에서나 프라이빗 게임에서는 이러한 일들이 심심치 않게 일어난다.

7공자 토니

| 카지노에서 만난 사람들 9 |

1984년 카지노에 처음 취직했을 때의 일이다. 나는 작은 게임이나 중간 정도 게임에는 들어가지 않으나 심심해서 아무 테이블에나 앉았다가 토니를 만났다. 나와 함께 일하게 될 동료란다.

나는 토니가 미국에 오래 산 중국인인 줄만 알았다. 중국에서 막 온 중국인은 옷차림이나 풍기는 분위기가 달랐다. 그런데 이 친구에게는 본토 냄새가 전혀 나지 않았다. 나중에 알고 보니 중국의 7공자 중 한 명이었다.

중국에 있을 당시 7공자들은 하루에 2만 위안어치 술과 저녁을 먹었다. 일반인들 월급이 170위안 정도니 그들이 쓴 돈은 엄청나게 큰 금액이었다. 이 소문이 덩샤오핑 귀에 들어갔고, 노발대발한 그가 이들을 당장 잡아들이라고 북경의 공안부장에게 명령을 내렸다. 공안부장은 난처한 입장이었다. 이들을 잡아들이는 것까지는 어렵지 않지만 이들의 아버지가 보통사람들이 아니었기 때문이다.

북경시장의 아들, 장관의 아들, 총리의 아들, 전부 현직에 있는 세도가인 태자당의 자제들이었다. 이들을 잡아왔다가는 누구 손에 맞아 죽을지 모르는 상황이었다. 토니의 아버지는 모택동과 같이 혁명을 했고, 그보다 열일곱 살이 많았던 모택동은 토니의 아버지를 막냇동생처럼 챙겼다. 그래서 토니의 아버지는 장관자리를 바꾸어가며 경제관련 장관만 30년을 했다.

공안부장은 장관이었던 토니의 아버지를 찾아가 공문을 보여줬다. 상부에서 이런 명령이 내려왔고, 3일 후에 아드님을 모시러 올 터이니 협조해달라고 했다. 당신의 아들을 빨리 해외로 피신시키라는 뜻이었다.

토니의 아버님은 당시에 에너지 장관이었어서 미국 대사와 친한 사이였다. 미국 대사가 그날로 비자를 내주어 토니는 다음 날 미국에 왔고, 얼마 지나지 않아 나를 만났다. 이렇게 시작된 인연은 40여 년간 이어졌다.

그는 나와 친구가 된 후 제재가 풀린 중국으로 돌아갔다. 내가 중국을 방문하면 그는 나와 같은 호텔 옆방에 묵었다. 내가 손님을 초대하고 계산을 하러 가면 언제나 토니가 계산을 해놓곤 했다. 토니의 아버님이 사시던 곳은 천안문 광장 옆 총리들의 관저라고 불리는 곳이다. 전직 장관이나 총리급 이상만이 모였기 때문에 어릴 적부터 태자당 모임이 형성되는 곳이기도 하다.

내가 중국을 방문해 아버님께 문안인사를 가면 큰 서재에 나를 데려가 재직 시 받은 선물들을 보여주셨다. 그러면서 내가 좋아하는 것을 고르라고 하시는데, 너무 비싸고 좋은 물건들이 많아 나는 그것들을 가질 엄두가 나지 않았다. 내가 망설이고 있으면 알아서 좋은 것을 챙겨주셨다. 인자함이 얼굴에 쓰여 있는 분이셨다. 장관직을 오래한 이유를 알 것도 같았다.

토니의 형은 나와 동갑이다. 군사전략가이자, 군사대학 겸임 교수이자, 인민일보 논설위원이기도 했다. 중국의 모든 장성들이 그의 제자였다. 한 번은 그가 나에게 식사 초대를 해 북경 항공방위사령부라는 공군부대 안 호텔에 갔다. 그 호텔의 중식조리장은 중국 요리대회 우승자라고 했다.

나는 외국인은 들어갈 수 없는 공군부대에 들어간 첫 한국인이 되었다. 자동차 여러 대를 나누어 앞뒤로 호위를 받았다. 공군부대로 들어가면서 군인들이 대포를 옮기는 것을 구경했다. 식사 자리에 도착하니 입이 벌어졌다. 어마어마한 공간에 어마어마한 크기의 식탁 세 개가 놓여 있었다. 이쪽과 저쪽이 얼마나 멀던지, 이쪽 끝에서 하는 말은 절대 저쪽에서는 들을 수 없겠구나 싫었다.

가만히 보니 벽에는 그림인지 수를 놓은 건지 헷갈리는 만리장성이 펼쳐져 있었다. 토니 덕분에 나는 중국 각지의 지도자들이나 당 고위직 인사들을 쉽게 만나곤 했다. 그동안 중국에서 만난 고위직 인사만 해도 3천 명은 족히 넘었다. 이것이 관계(꽌시)가 되는 것인데, 중국에서는 누구의 친구인지가 사는 데 꽤 중요하다고 한다.

키 작은 쇼티

| 카지노에서 만난 사람들 10 |

'쇼티(Shorty)'는 신장이 작아 토니와 내가 같이 붙여준 별명이다. 삼국지에 나오는 손권의 동네 후손들은 덩샤오핑처럼 신장이 작다. 미안하지만 그의 본명이 기억나지 않는다. 그냥 우리는 항상 그를 '쇼티'라고 했다.

나와 그는 서로를 형님과 아우님이라고 불렀다. 쇼티도 나를 미국 동생이라고만 불러서 그도 아마 내 이름을 기억하지 못할 것이다. 쇼핑을 갔다가 갑자기 그와 만난 적이 있는데, 통역사를 대동하지 않아 말을 알아들을 수 없으니 그냥 형님 동생만 하고 끝어안았다.

그는 덩샤오핑의 비서실장 출신으로 작은 신장과는 달리 아주 저돌적인 사람이었다. 덩샤오핑이 모든 직책을 내려놓고 장애인 협회 회장직만 유지했을 때도 당시 중국의 대내외적 중요한 의사 결정은 그의 결재를 받아야만 했다.

　　천안문 진압사건도 그의 결재 없이는 벌어지지 못했던 일이었다. 그 덩샤오핑의 비서가 쇼티였고, 쇼티는 당의 서열 14위였다.

　　쇼티의 아버지는 북한 김일성 주석의 친구이기도 했다. 쇼티를 처음 만났을 때 그는 김일성 주석을 침이 마르도록 칭송했다. 그다음에는 "김일성 주석이 잘한 것은 인민이 굶어 죽지 않게 한 것밖에 없다."고 말했다. 그로부터 2년 뒤에는 "2천만 명도 못 먹여 살리는 사람이 무슨 지도자냐."고 했다. 현재는 장관직에 있다는데 이번 중국 방문길에는 꼭 한 번 만나봐야겠다.

4장

아름다워라,
한국 기원과의
즐거운 추억

"오수전 회장님, 조훈현 국수를 비롯해 수많은 기사들과
아마추어 팬들이 같이 몰려다니며 어울렸다.
선배님들은 나를 구루마라고 불렀다.
미국으로 떠날 때는 다들 축하해주며 섭섭해했다.
약방의 감초였던 기원의 구루마가 없으면
무슨 낙으로 사냐며."

한국의 바둑 기전, 기성전

나는 훗날 앞서 말한 중국 친구들의 덕을 톡톡히 봤다. 1990년 백두산에서 세계일보가 주최하는 기성전 1국이 열렸다. 대학 시절부터 오랜 친구인 박치문 해설위원과 유건재 사범, 세계일보 관계자가 나와 동행했다.

그날은 조훈현 9단에게 유창혁 6단이 도전했다. 바둑판과 백두산을 사이에 둔 조 9단과 유 6단의 대국 모습을 찍으려는데 중국공안이 우리를 제재했다. 사진 찍기에 실패한 우리는 다음 날 새벽 5시 공안이 없는 틈을 타 다시 촬영을 시도했다.

백두산 정상에 도착하니 부지런하게도 그 이른 새벽에 공안이 우리를 기다리고 있었다. 우리의 움직임을 누군가 보고하고 있었나 보다. 우리 중 일부가 천지 쪽으로 내려가서 공안을 유인하면 그 사이 사진을 찍는다는 계획을 짰다.

공안을 유인한 순간 한복을 입은 두 대국자의 사진을 급히 찍었다. 이때 택시 운전사가 공안에게 무전으로 연락하는 게 보였다. 공안이 화가 나서 사진기에 있는 필름을 모두 빼갔다. 여권을 압수하겠다며 방방 뛰었다.

사진기자가 그 전에 얼른 나에게 필름 한 통을 건넸다. 그는 나에게 이 사진을 서울까지 안전하게 가져가달라고 부탁했다. 택시 운전사가 빨간 잠바를 입은 사람, 그러니까 내가 필름을 가지고 있다고 또다시 무전을 했다. 공안이 내 몸을 수색하려 하자 나는 호통을 쳤다.

"내 털끝 하나라도 건드리면, 당장 북경에 있는 친구한테 연락해서 네 목을 날려버릴 거야."

그러고는 토씨 하나 바꾸지 말고 그대로 통역하라고 말했다. 통역사의 말을 들은 공안은 갑자기 얼굴이 붉으락푸르락해졌다. 통역사가 이분은 미국사람이라 함부로 대하면 안 된다고 말했다. 북경에 어마어마한 친구들이 있다고까지 말하니 화가 난 공안은 뒤도 돌아보지 않고 가버렸다.

이렇게 서울로 가져온 백두산 대국 장면은 각종 신문과 바둑지의 표지를 장식했다. 우리는 백두산을 뒤로하고 연길로 향했다. 연길에서 대국이 시작되자 갑자기 공안 두 명이 또 들이닥쳤다. 허가를 받지 않은 대국이기 때문에 당장 중지하라고 했다.

어떻게 할지를 의논하는데, 공안 한 사람이 "동무들, 이것은 의논사항이 아니고 지시사항입네다."라고 했다. 공안이 둘일 때, 한 사람은 항상 조선족이었는데 우리는 그때 그 사실을 처음 알았다. 몇 수 두지도 못한 바둑은 그렇게 끝이 났고, 무효처리를 한 이 기보는 지금도 그대로 보존되어 기록으로 남았다.

북경에 도착하니 왕여남 부원장과 화이강 사무총장을 비롯한 중국 기원 관계자들이 공항에 마중 나와 있었다. 나는 연길의 대국중단 사건을 이야기했고, 그들은 변방의 촌놈들이 몰라서 그랬을 것이라며 사과했다. 중국 기원에 도착해 진조덕 원장님께 예정대로 2국을 북경의 중국 기원에서 마쳐야 된다고 부탁하니 흔쾌히 허락하셨다.

중국 기원에서는 새 건물의 준공이 코앞이었다. 아직 완공은 되지 않아 한 번도 대국이 이루어진 적이 없었다는 곳에서 2국을 마쳤다. 중국 기사들의 안방을 우리가 먼저 사용한 격이었다.

다음 날, 아시안게임 개막식에 태극기를 들고 가 한국선수단 입장을 응원했다. 중국인들은 처음 보는 태극기를 신기하게 쳐다봤다. 당시 한국과 중국은 수교가 되어 있지 않아 임시 비자로 중국을 방문한 터였다.

02

도리와 의리, 처신을 가르쳐준 '김인 국수'

김인 9단을 처음 만난 것은 대학 1학년 때다. 한국 기원에 프로와의 지도대국을 신청하고 기다리니 유건재 사범이 나오셨다. 지도기를 받고 있는데 김인 국수께서 들어와서 내가 바둑을 두는 것을 구경했다.

그는 당시 8단으로, 조남철 선생님을 권좌에서 물러나게 한 분이었고, 나는 그분의 열렬한 팬이었다. 조남철 선생님은 바둑계의 신 같은 존재였다. 바둑에 모르는 문제가 나오면 조남철에게 물어보라고 할 정도였으니 말이다.

대표선수로 선발되어 일본에 조남철 선생님을 단장으로 모시고 간 한일친선대학생 시합 때의 일이다. 일본 선수가 2시간 반의 시간을 다 사용하고 마지막 초읽기를 하고 있었다. 일본의 단장 선생이 자신의 제자 시계와 내 시계를 번갈아 보고는 곧장 심판에게 갔다.

"시계가 고장 난 것 같습니다."

그가 민망한 오해를 한 듯했다. 일본 선수 시계의 숫자가 마구 바뀌는 동안, 나의 시계는 5분을 겨우 지나고 있었다. 조 선생님은 시계가 고장 난 것이 아니라 이 친구가 한국에서 가장 빠른 속기의 달인이라고 해명했고, 사람들은 눈이 휘둥그레졌다.

나는 이 일로 알음알음 이름이 알려져 김인 국수를 대면할 수 있었다. 김인 국수께서는 인품이 훌륭하기로 소문이 자자했다. 기사들이 승단 판에 김 국수를 만나면 "승단 판입니다."라고 말했고, 김 국수는 그 한마디에 손해를 감수하고도 일부러 져주셨다.

당시에는 기사 중에서 김 국수님을 이길 수 있는 사람은 거의 없었다. 기사가 바둑 한 판을 남에게 져준다는 것도 참으로 어렵고 힘든 일이다. 나는 김 국수님과 가까이 지내면서 사람의 도리와 의리, 그리고 처신을 배웠다. 나는 그를 형님처럼 모셨고 그는 나를 아우처럼 여겼다. 후에는 함께 해외여행도 많이 다녔다.

한국 기원의 종로 시절에는 낭만이 있었다. 기사실에서는 내가 막내라 담배 심부름이나 차 심부름을 도맡아 했다. 나는 얼른 심부름을 마치고 돌아와 선배들의 바둑구경 삼매경에 빠지곤 했다.

김정학 사장님, 정창영 선배님, 고재희 사범님, 안영이 선생님, 오수전 회장님, 이준학 선배님, 조훈현 국수, 박치문 위원, 한상열 사범, 수많은 기사들과 아마추어 팬들이 같이 몰려다니며 어울렸다. 선배님들은 나를 구루마라고 불렀다. 미국으로 떠날 때는 다들 축하해주며 섭섭해했다. 약방의 감초였던 기원의 구루마가 없으면 무슨 낙으로 사냐며.

사랑할 수밖에 없는 기재의 주인공, 조훈현

내가 바둑계에서 아마추어로 이름을 알렸을 무렵, 7세 때 도일했던 조훈현이 일본에서 6단을 받고 20세에 군대 입대를 위하여 귀국했다. 아마도 1973년이었던 것 같다.

내가 처음 느낀 조훈현의 바둑은 현란 그 자체였다. 한국에서는 볼 수 없었던 스타일이었다. 귀국한 지 얼마 되지도 않아 조 국수는 한국의 타이틀을 모조리 휩쓸고 전관왕에 올랐다.

조훈현의 바둑을 좋아하는 나와 그는 또래로서 금방 단짝이 되었다. 그는 한국어를 전혀 할 줄 몰랐지만 큰 문제가 되지는 않았다. 조훈현은 백년에 한 번 나올 수 있을까 말까 하는 기재를 가진 친구였다. 그를 만난 사람이라면 누구나 그의 기재와 사랑에 빠질 수밖에 없다고 생각했다. 나 역시 마찬가지다.

1974년 봄 프로 입단 후 공군방위병으로 군에 늦깎이 입대하며 조훈현과 나는 다시 만났다. 나는 대방동 91기지 건설전대로, 그는 공군대학으로 배치되었다. 91기지 건설전대, 공군대학, 공군교재창, 공군사관학교의 4개 부대가 한 군데에 모여 있었는데, PX와 주보라는 군 식당은 하나뿐이었다.

나는 바둑을 좋아하시던 인사과장님의 배려로 PX에서 근무했다. PX에서 내가 집에서 싸온 점심을 먹고 매일같이 바둑을 뒀다. 당시 1급 바둑을 두는 장교들이 30명도 넘게 있었는데, 점심시간이면 좁은 휴게실에서 나에게 먹을 것을 잔뜩 사줬다. 조훈현은 훗날 한국 바둑의 중흥을 이룬다.

조 국수는 범인인 나로서는 쫓아갈 수 없는 재능을 타고났다. 한 번도 장기 두는 것을 못 보았지만 옆에서 수를 이야기하는 것을 들으면 장기도 프로 수준에 가깝다는 것을 알 수 있었다. 그러면서도 상대로 하여금 겸손하고 인간적이라는 느낌을 들게 하는 것이 그의 매력이다.

1989년, 조훈현과 중국의 섭위평 9단이 응창기배 결승전에서 만난 적이 있다. 당시 한국은 바둑의 변방에 불과하여 한국에는 조훈현 한 사람에게만 출전권을 주었다. 중국은 섭위평이 일중 자존심을 건 교류전에서 전승을 거두고 있었다. 그가 중국의 수

문장이란 별명을 얻으며 일본의 수많은 최고 고수들을 격파하여 세계에 이름을 떨치고 있을 때였다.

세계 바둑계는 모두 섭위평의 우승을 점치고 있었고, 그래서인지 미국에 사는 중국인들은 내게 내기를 하자고 했다. 나는 조훈현의 우세를 점쳤다. 나의 생각은 당시 두 사람의 실력은 우열을 가릴 수 없을 정도로 막상막하이나 40만 달러라는 거금이 걸린 경우에는 조훈현이 유리하다는 것이었다. 조훈현은 승부욕이 강하고 수많은 타이틀전에서 승리한 경험이 있었다. 반면 섭위평은 사회주의 특성상 거금을 놓고 겨루는 승부경험이 없어 이 같은 승부에서는 조훈현이 이길 것이라고 생각했다.

결국 중국 친구들은 모두 섭위평에, 나는 조훈현에게 각 5천 달러씩을 걸었다. 결과는 조훈현의 승리였다. 2승 1패로 뒤져 있던 승부가 조훈현의 반격으로 2승 2패 막판까지 달려갔다. 아슬아슬한 승부에서 강심장의 소유자인 조훈현이 막판을 이겨준 덕분에 나도 용돈을 벌었다.

5천만의 한국 대표가 바둑의 본고장인 14억의 중국 대표를 이기는 것은 정말 대단한 일이다.

내가 조 국수를 이길 수 있는 것이 딱 하나 있었는데, 그게 포커였다. 포커만은 컨트롤이 잘 안 된다고 한다. 그와 저스트 메이드라는 포커 게임을 한 적이 있다. 나왔던 카드의 무늬와 숫자를 정확하게 외우고 있어야 하는 게임이라 기억력이 좋은 조 국수가 제일 잘해야 맞다.

　그런데도 나는 번번이 그 게임에서 그를 골탕 먹이고, 그는 약올라 한다. 그럼 나는 일부러 그런 게 아니라고 변명하는데, 그는 내가 일부러 자신을 골탕 먹인 것을 알면서도 그냥 웃는다. 나도 그런 조훈현을 그냥 좋아한다. 한없이.

내 인생의 큰 빛이 되어주신 '오수전 회장님'

내 인생에 가장 많은 영향을 주신 분은 고(故) 오수전 회장님이다. 강남고속터미널 예식장을 맨 처음으로 만드신 분이기도 하다. 바둑을 좋아하시는 오 사장님을 정창영 사범님의 소개로 처음 만났다.

바둑은 3점 정도의 치수로, 아마추어로는 대단한 실력자였다. 그에게 부잣집 막내아들이 사회의 한 사람으로서 자립하는 것에 대해 많은 조언을 받았다. 오수전 회장님은 통도 정말 커서 중국과의 빠른 수교를 위한 바둑 외교에도 큰손으로 도움을 주셨다. 조훈현과 섭위평의 미국대국 스폰서를 자청하기도 했다. 나와 회장님 간에는 책 한 권 분량만큼의 수많은 에피소드가 있지만 여기서는 줄이겠다.

　돌아가신 금호그룹의 박정구 회장님과 동창이며 특히 각별한 사이기도 하신 두 분은 앞서거니 뒤서거니 6개월 사이에 폐암으로 세상을 등졌다. 나로서는 큰형님 두 분을 동시에 잃은 것과 다름이 없는 슬픔이 아닐 수 없었다.

05

외유내강 진조덕 선생님

　진 선생님과 나는 1980년 중국 방문을 계기로 급속히 가까워
졌다. 문화혁명 당시 예술인들은 비생산적인 집단이라는 명분 아
래 집단농장으로 쫓겨나 농사를 지으며 살았다. 진 선생님과 섭
위평도 예외가 아니었다. 진 선생님은 그곳에서도 끝까지 바둑을
두셨다. 외유내강이라는 단어는 그를 표현하기 위함인 듯했다.

　1990년대 중반 미국에 방문했을 때 그와 나는 의형제를 맺었
다. 우정배 때문에 내가 중국에 방문했을 때의 일이었다. 당시 중
국 기업들은 너무 부실해서, 후원을 해주기로 한 기업이 대회 도
중 도산하는 경우가 비일비재했다. 그렇게 되면 대국료와 상금은

하루아침에 사라졌다.

진 선생님과 함께 저녁식사를 하는데, 그가 밥을 잘 넘기지 못하는 것처럼 보였다. 무언가 할 말씀이 있으신 듯한데 차마 입을 떼지 못하는 느낌이었다. 내가 무슨 일이신지 편하게 말씀하시라고 하니 통역사가 마지못해 말했다. 방금 끝난 대회의 후원 기업이 부도가 나서 기사들에게 대국료와 우승 상금을 주지 못하는 상황이라고 했다.

나에게 부탁하자니 면목이 없어 입을 열지 못한다는 것이다. 필요한 돈은 만 달러였다. 흔쾌히 내가 내겠다고 하니, 미국에 가면 보내달라고 하셨다. 그런데 마침 수중에 그 정도의 돈이 있어 그 자리에서 후원금을 드리며 말했다.

"중국 기원에 이런 일이 또 생기면 걱정 말고 말씀해주세요."

그 후에도 중국 기원에는 몇 번 비슷한 일이 생겼고, 진 선생님이 나에게 말씀하실 때마다 도와드렸다. 지금은 고인이 되셨지만 중국 방문 시에는 꼭 사모님을 찾아 문안인사를 드린다.

06

후지쓰배

후지쓰배는 1989년부터 시작되었다. 첫해에는 미주에서 아마추어 선수들이, 1990년에는 프로 선수들까지 참가했다. 그때 나는 바둑을 손에 잡지 않은 지 14년째였다. 아주 오랜만에 하는 프로와의 대국이었다.

예선전이라고는 하지만 다른 사람들은 실력 차이가 많이 나서 결국 마이클 레드몬드 8단과 결승전을 치렀고, 내가 이겨 미국 대표가 되었다. 마이클은 백인 최초 9단에 오른, 백인 기사 중 제일 강자라고 할 수 있는 사람이었다. 서봉수 9단을 이긴 적도 있으니 말이다.

일본에 도착해 전야제를 치르는 날, 내 상대는 일본의 2인자로 꼽히는 젊은 강자 야마시로 히로시 9단이었다. 나를 뽑은 야마시로가 대국운이 좋다고 느꼈는지 입을 다물지 못했다. 그 모습이 내 승부욕을 자극했다. 부끄러운 이야기지만 생전에 들러리 역할은 해본 적이 없는데, 이곳은 바로 그런 자리였다.

북미, 남미, 유럽 선수들이 세계대회에서 이긴 전적이 없으니, 미국 대표선수인 나도 주인공일 수 없었다. 나는 흑번이 강하니 내일 시합에서 흑이 나오면 뭔가를 보여주리라 마음먹었다. 최선을 다해 두겠다는 말을 끝으로 단상에서 내려와 밤새 흑번이 나오게 해달라고 기도했다.

다음 날, 돌을 가리자 백이 나왔다. 하나님이 주무시느라고 내 간절한 기도를 못 들으셨나 보다. 하긴 그래, 하나님도 주무시긴 해야지. 상대방은 느긋했다. 아무렇게나 두어도 이기겠지라는 생각인 것 같았다. 대국 초반에 상대가 기압이 들어간 수를 두었고, 여기서 물러서면 판세가 불리해질 게 뻔했다. 자세히 보니 무리수였다.

내가 그냥 놀라 물러서 주기를 바라고 둔 수였나 보다. 그 수를 맞받아치며 상대의 기선을 제압한 효과가 있었다. 그 후 상황은 나에게 유리하게 흘러갔다. 종반을 향하여 가던 중 상대방이 무리수를 뒀다. 가일수를 해야 하는데 어차피 불리하니 손을 뺀 것이다.

'왜지? 9단이 이렇게 쉬운 수를 못 볼 리가 없는데, 함정인가?'
곰곰이 수를 읽고 수가 나는 곳에 치중을 하니 야마시로는 목례를 했다. 그러고선 아무 소리도 없이 싹싹하게 돌을 거뒀다. 그때 나는 이게 혹시 꿈이 아닌가 생각하느라 한참을 멍하니 자리에 앉아 있었다.

정신을 차리고 검토실로 내려오니 일본 기사들은 고개를 숙인 채 나와 눈을 마주치려 하지 않았다. 중국 선수들과 한국 선수단만이 박수로 나를 맞이할 뿐이었다.

다음 날의 상대는 오히라 9단이었다. 힘이 좋기로 유명하신 선배님이다. 나의 흑번으로 시합이 시작되었고, 상대방의 무리수가 일찍부터 나왔다. 그 수를 읽어내며 이득을 본 이후로는 별다른 승부처 없이 무난히 이긴 것 같다. 대국이 끝나자 야마시로가 투덜댔다.

"오히라 선생님도 이상하셔. 미국 대표가 나를 이겼으면 얕잡아보지 마셨어야지. 처음부터 무리해서 한 번의 찬스도 없이 지시다니!"

어쩌다 일본을 대표하는 9단 두 명을 모두 이기고, 나는 8강에 진출한 사상 첫 미국 대표가 되었다. 8강전에서 만난 사람은 다름 아닌 내 친구 조훈현 9단이었다. 나의 흑번으로 시작된 바둑은 별 풍파 없이 중반을 향해 갔다. 조 국수가 나의 집 모양에 수를 내려왔을 때 안으로 자그마하게 살려주고 두터움을 쌓으며 선수를 빼고 반대편에 있는 대마사냥에 나섰다. 백의 대마가 처참하게 쫓기면서 두 눈을 내고 살기가 바빠지면서 백은 바둑을 그르치게 됐다.

대마를 살려주고 난 후 집계산을 해보니 반면으로 16집을 남기고 있었다. 당시의 덤이 4.5호였으니까 덤을 제하고도 11.5가 남는다는 말이다. 거기에다 내가 둘 차례였다. 아무렇게나 두어도 이겼다고 생각하는 순간 평정심을 잃고 잡념이 몰려왔다.

조 국수가 한국의 전관왕인데 내가 이 바둑을 이기면 한국의 언론이 시끄럽지 않을까. 잡념이 드는 순간부터 귀신같이 추격을 당했다. 결론적으로 내가 3.5호를 졌다.

고바야시 고이치 9단을 비롯한 일본 기사들이 차민수가 일부러 져주고 있다며 술렁였다. 내가 그 판에서 30회가 넘는 실수를 거듭했기 때문이다. 져준 것이라고밖에는 이해할 수 없다고 했다. 하지만 그것은 틀린 이야기였다.

프로 세계에서 져준다는 것은 있을 수 없는 일이다. 그날 내가 진 것은 대국 중 다른 생각으로 나의 집중력이 흩어졌기 때문이다.

세계 8강 '차8강'이 되다

다음해에 마이클 9단을 이기고 미국 대표로 다시 선발되어 16강에 진출하게 됐다. 첫날은 대국이 없어 남의 바둑을 구경했다. 조치훈 9단이 유창혁 9단을 이기고 올라오며 내 상대가 되었다. 드디어 일본의 전관왕인 조치훈과 대국을 하게 된 것이다.

백번으로 시작된 나의 수순 착오로 인해 나는 초반부터 치명상을 입었다. 구제불능의 상태였다. 바둑을 둘 맛이 나지 않아 그냥 던져버릴까 하다, 미국 선수가 바둑을 성의 없이 둔다는 소리가 나올까 할 수 없이 끌려가고만 있었다. 어차피 질 거면 최강의 수만 골라서 두어야겠다고 마음 먹었다.

그러다 큰 모양을 만들고 그 안에 들어온 흑돌을 패로 전부 잡는 데 성공했다. 고민 없이 바둑을 둔 나의 시간은 두 시간 반이 남아 있었고, 조치훈 9단은 마지막 초읽기에 몰려 있었다. 상대방이 계가할 틈을 주지 않으려고 조 9단이 두기가 무섭게 나도 그냥 따라두었다.

바둑을 구경하던 일본 기사들의 얼굴 표정이 하나둘 어두워졌다. 내 기세가 좋은 것은 틀림이 없구나. 그러나 서로의 집이 110집이 넘으니 계가하기에 쉽지 않고 사실 나도 계가에 자신이 없었다. 좋다는 것 자체는 감으로 알았으나 정확성이 떨어졌다.

때마침 조훈현 9단이 와서 심각한 표정으로 바둑을 보며 한참 계가를 했고, 나는 이후 나가려는 그의 얼굴을 유심히 쳐다보았다. 미소를 짓거나 윙크라도 하고 나갈 줄 알았는데 그냥 무심히 나갔다. 아니, 세상에 믿을 놈 없다더니 절친한 친구끼리 이럴 수가 있나? 쫓아나가서 화를 내고 싶었지만, 이렇게 많은 사람들이 보는 앞에서 그와 투덕대는 건 유치해 보일 것 같아서 참았다.

하여튼 바둑은 마무리가 되고 계가를 해보니 내가 4.5를 이겼다. 일본의 전관왕을 이긴 것이다. 그렇게 2년 연속으로 세계 8강에 올랐다. 이때부터 한국 기사들이 나를 차8강이라고 불렀다. 다들 어디서 그렇게 별명 짓는 법을 배워오는 건지 모르겠다. 검토실에 내려오니 인터뷰 요청이 쇄도했다.

미국에서는 바둑선수에게 단장을 지원해주지 않는다. 내가 자비로 미국 단장으로 모시고 온 조남사 선생님께서 통역을 맡으셨다(그는 안방극장에서 70~80년대 최고의 작가로 유명세를 타셨던 분이자 '청실홍실'의 작사가이기도 했다. 외국여행 갈 때마다 아버지처럼 모시고 다녔는데, 간암으로 돌아가셨다).

NHK, 요미우리, 그 외에도 신문이나 잡지 등 언론매체라면 모두 나에게 큰 관심을 보였다. "14년 동안 바둑을 두지 않은 미국 프로 도박사"라고 나를 소개하니 전부 할 말을 잃었다. 자기들은 어릴 적부터 하루 종일 바둑만 공부하고 살았는데, 14년이나 바둑을 두지 않은 사람에게 졌다니 창피함과 말로 설명할 수 없는 복잡한 감정이 몰려온다고 했다.

한국에 도착하니 콧대 높은 일본의 1인자를 현역이 아닌 무명의 예비역 기사가 이겼다며 더 난리법석이었다. 한국 기원 장재식 이사장님께서 차 사범을 당장 7단으로 추서하여 승단시키라고 지시했고 누구도 반대하는 사람이 없었다.

그때 한국에서 기다려 7단을 받았어야 했는데 그냥 미국으로 돌아가버렸다. 나는 순진하게 이사장님의 말씀이니까 미국에 가 있어도 무조건 7단을 주는 줄만 알았다. 나의 소원이 죽기 전에 9단이 되어보는 것이었는데, 이제 그러기는 틀렸다. 중국에서 주겠다던 명예 9단이라도 받을 걸 그랬나?

08

무한한 기쁨을 준 '한국 바둑 리그'

한국에서 한게임 팀의 감독을 맡아달라는 제안을 받고 흔쾌히 승낙했다. 나로서는 한국 최고의 젊은 기사들과 신예들의 바둑을 공부할 수 있는 절호의 기회였다. 젊은이와 어울리면 그들의 기를 받아 나도 함께 젊어지는 느낌이 들어 젊은 사람들과 어울리는 걸 좋아하기도 했다.

가벼운 마음으로 시작했던 것과는 달리 시간이 지나자 슬그머니 승부욕이 생겼다. 가장 세고 장래가 밝은, 내 맘에 드는 기사만 골라올 수는 없는 일이고 팀원들에게 승부사의 자세를 일깨워주는 것이 제일 좋은 방법인 것 같았다. 내가 할 수 있는 일은 끈끈

한 분위기로 모두를 한마음으로 만드는 것이었다. 당시에는 이세돌을 데려오지 못하면 우승하기가 매우 어려웠다. 결과적으로 내가 맡은 4년 동안 준우승 두 번에 마지막에는 기어이 우승의 소원을 이루고 감독직에서 은퇴했다.

첫해에는 팀원들에게 우승하면 미국을 구경시켜주겠다고 했는데 준우승을 했다. 팀원들이 자비라도 내서 미국을 가고 싶다고 하기에 한게임과 의논했다. 한게임이 비행기 표를 지원해줘 큰 부담 없이 다녀올 수 있었다. 나는 촉망받는 젊은 기사들에게 미국이라는 넓은 나라를 보여주고 싶었다. 바둑 실력을 키우기 위한 정답이 바둑판 앞에 앉아만 있는 것은 아니다. 넓은 세상을 보고 생각의 범위를 넓히면 자연히 바둑도 한 계단 올라가는 법이다.

내가 14년이라는 긴 공백기에도 후지쓰배에서 좋은 성적을 거둘 수 있었던 것도 이 때문이었다. 마지막 승부에서 이세돌의 신안천일염과 또 만났다. 1진 1퇴의 마지막 승부였다.

나는 김지석에게 네가 이번에는 이세돌을 꼭 맡아주었으면 좋겠다고 말했다. 이세돌은 반드시 신안천일염의 두 번째 선수로 나올 것이고, 네가 그를 맡아 꼭 이겨주어야 우리 팀이 우승할 기회가 생긴다고 했다. 지석이도 세돌이를 꼭 이기겠다며 각오를 다졌다. 이세돌은 예정대로 두 번째 선수로 나왔고 지석이가 이겼다.

팀원 중에서 윤준상은 항상 믿음이 가는 선수다. 위기 때마다 두 몫을 한다. 김세동도 의외의 큰 몫을 해주었고 이태현도 대단한 성적을 냈다. 그런데도 전략을 짜기가 어려웠다. 상대감독이나 팀이 워낙 만만한 구석이 없는 완벽한 팀이었기 때문이다.

상대팀에는 랭킹 3위의 백홍석, 그리고 변상일까지 있었다. 바둑 랭킹 1위와 3위가 동시에 소속된 강팀이었다. 2 대 2 마지막 판까지 갈 때에는 누가 마지막 판을 둘지 결정하기 위해 머리를 모았다. 나의 답은 이동훈이었다.

나는 3장으로 약관 14세로 갓 입단한 이동훈을 뽑았다. 우승상금은 3억 원이고 준우승은 1억 원이었다. 우승에는 2억과 명예가 함께 걸려 있다. 마지막 판을 누가 두어도 부담이 클 수밖에 없었다.

기사들은 시합 중 바둑이 불리해지면 팀원들에게 미안한 마음이 들어 집중력이 흐트러져 이길 가능성이 떨어지기 마련인데 동훈이는 아직 어리기 때문에 상대적으로 침착할 수 있다고 판단했다.

짐작은 적중했다. 약간 불리한 듯 보였던 바둑을 들여다보는 응수 타진으로 순식간에 역전을 시키더니 한 번의 기회도 주지 않고 무난하게 이겨내는 것이 아닌가. 나는 평생 수많은 승부를 하여도 떨어본 적이 없건만, 이때는 계속 속이 타들어갔다.

바둑이 아직 끝나지도 않았는데 여기저기서 후배 기사들의 축하전화가 쇄도했다. 바둑 기사라면 누구나 약자를 응원하기 때문인 것 같았다. 드디어 한게임이 우승을 일구어냈고, 팀원 전원이 한게임의 지원으로 또 미국 구경을 갈 수 있게 되었다. 내가 받는 상금도 아니고 내가 우승한 것도 아닌데 그 어느 순간보다도 기뻤다. 내가 감독을 맡았던 4년 동안 지속된 한게임의 아낌없는 지원과 성원에 다시 한 번 감사드린다.

09

아름다운 부부, 강주구와 예네위

중국의 천안문 사건으로 인하여 본의 아니게 중국을 떠나 강주구(주조)는 미국에서, 예네위(루이나웨이)는 일본에서 아마추어를 가르치며 생활하고 있었다. 천안문 시위가 절정을 이루었을 때 대학생들이 소문난 명필가인 예네위에게 천안문 광장에 들고 나갈 구호를 써달라고 부탁했다.

사람 좋은 루이는 흔쾌히 이를 써주었는데 천안문 사건이 끝난 후 루이의 필체를 알아낸 당국이 제재를 가하기 시작했고, 이후 시합에 참가해도 대국료를 주지 않아 북경에서의 생활도 어렵게 되자 일본으로 건너간 것이다.

당시 주조는 대학생 바둑사범을 맡고 있었다. 그 둘은 같은 기사로서 오빠 동생 하고 지내던 사이였다. 같은 이유로 제재를 받던 강주구는 미국으로 갔고 서로는 이역만리 떨어지게 되었다. 그들은 응창기배에서 다시 만나, 타향에서 웨딩드레스도 없이 결혼했다.

두 사람 모두 타고난 바둑 재능을 일찌감치 세계적으로 널리 인정받은 바 있는 기재였다. 강주조는 중일 대항전에서 일본의 기라성 같은 9단들을 상대로 6연승을 했고, 예네위는 철녀라는 별명을 얻을 정도의 세계 최강 여류 9단이었다.

그는 국수전에서 조훈현 9단에게 도전해 당당히 타이틀을 따낸 적도 있었다. 다음해에 조훈현 9단에게 다시 빼앗기기는 했지만 여자 기사가 전체 바둑기사가 참가하는 대회에서 우승을 한 것은 세계 바둑 역사상 처음 있는 일이었다.

일본에서 여자 기사들은 바둑이 약하다는 고정관념이 있어 루이는 일본에서는 바둑을 둘 수가 없었다. 나는 이런 사정을 안타깝게 생각하고 있었다. 세계 최강의 기사가 시합을 할 수 없고 평생 아마추어나 가르친다는 것은 바둑계에도 큰 손실이었다.

중국과 왕래하면서 나는 이들의 징계에 대한 부당함을 중국 고위인사와 중국 기원 측에 재고해주기를 요청했다. 이들이 한국에서 기사 생활을 할 수 있게 제재를 풀어달라는 내용이었다. 그들이 기사 생활을 할 수 없는 한 해 한 해가 너무나 안타까웠다.

바둑도 공부할 시기가 있고 정식으로 시합을 하지 않으면 자꾸 실력이 뒤떨어지기 때문이다. 그러는 사이 5년이란 세월이 흘렀고 드디어 중국이 내게 답을 줬다.

중국 기원은 이들을 풀어주면 열악한 환경에 있는 중국 기사들이 대거 외국으로 건너갈 것을 우려했다. 나는 이들 이외에는 어느 중국 기사의 외국행에도 도움을 주지 않겠다고 약속했다. 그리고 이들의 한국 기사 생활을 반대하지 않겠다는 공문을 받아 내는 데 성공했다.

그러나 문제는 이제부터였다. 한국이라고 이들의 한국행을 찬성하는 것은 아니었다. 한국에도 이들이 한국 프로에 들어옴으로써 수입에 지장을 받는 사람들이 있었다. 당시 한국 여자 기사들의 바둑은 동양 삼국 중에서 가장 약했다. 나는 기사를 한 사람씩 만나 설득했고, 이 과정에서 한상열 총장, 조훈현 국수도 우리를 도왔다.

이를 기회로 나는 많은 한국 여자 기사들과 이야기를 나눌 수 있었다. 그들은 일본 기사들과는 달랐다. 예네위에게 모든 것을 빼앗길망정 그에게 한 수 배우고 싶다는 것이다. 이래서 한국 여자 바둑은 세계 정상에 오르게 되었고, 일본 바둑은 동양 삼국 중 최하위로 낙후되었다.

기사들의 의견도 양분된 듯 보였으나 막상 찬반투표를 진행하니 75퍼센트의 압도적인 득표로 이들의 한국행이 통과되었다. 가

결이 되자마자 나는 그들에게 전화를 했다. 저편에서는 두 사람이 말없이 흐느껴 우는 소리가 들렸다. 선생님 고맙다고. 나는 그들의 바둑을 좋아하는 팬으로서 당연히 할 일을 한 것뿐이었다.

이 둘 부부는 타고난 인성 자체가 착한 사람들이다. 루이는 시합 바둑만 둘 수 있다면 한없이 행복해한다. 지금은 중국의 제재가 풀려 12년간의 한국 생활을 접고 중국에서 다시 활약하고 있다. 부부의 앞날에 행복한 일만 가득하기를 바란다.

최초의 한중 교류전

나는 1980년에 한국 기원의 특사 자격으로 중국에 처음 방문했다. 한국은 중국과 직접적으로 교류하고자 했지만 중국은 한국을 적대관계로 여겨 정부의 허가 없이는 한국과의 공식시합을 허락하지 않았다. 한국 기원은 일본 기원에 정식으로 도움을 요청한 바 있지만 일본은 도와주지 않았다.

나는 서정각 이사장님의 명을 받아 한국 기원의 특사 자격으로 중국 기원을 방문해서 당시 중국 기원 원장이었던 진조덕 선생님을 만났다. 그리고 그에게서 5개국 이상이 참가하는 국제대회에서는 한국 선수와 대국할 수 있으나, 한국 단독 대국은 결정할 수 없다는 대답을 들었다. 이를 계기로 중국 기원 5인방 지도 자들과의 인연이 시작되었다.

그 후 미국에서 처음으로 조훈현 9단과 섭위평 9단의 친선대 국을 주선했다. 중국에서는 허가가 나지 않아 지연되고 있었다. 섭 9단은 호요방 주석과 일주일에 두 번 정도 만나 브리지게임을 하는 사이였다. 최고 권력자인 주석을 매주 정기적으로 만날 수 있다는 것은 대단한 권세였으니, 당시 장관들조차도 섭위평에게 는 함부로 대하지 못했다.

미국에서 차민수라는 사람이 초청하여 조훈현과 친선바둑을 주선하는데 허가가 나지 않는다고 한마디 하니, 호요방 주석이 "내가 듣지 않은 것으로 할 터이니 다녀와라."라고 했고, 그러자 이를 허가하지 않던 모든 기관에서 태도를 바꿨다고 한다.

어렵게 성사된 친선대국 전날 미국에서의 전야제에서 중국 대 사와 함께 화기애애하게 저녁식사를 하고 있었다. 식사가 끝나갈 무렵에 한국에서 사고가 터졌다는 비보가 중국 신문의 호외로 전 해졌다. 중국의 잠수함이 한국에 망명을 요청했다는 내용이었다. 그리고 중국에는 별도의 명령이 있을 때까지 한국과의 모든 교류 를 중단하라는 명령이 내려졌다. 난감했다.

잠시 불편한 침묵이 흘렀고, 섭 9단이 갑자기 자기가 책임지겠 으니 예정대로 행사를 진행하자고 했다. 당시 단장이란 이름으로 '윤춘문'이라는 날카로운 눈매의 중국정보국 요원이 동행하고 있었다. 하지만 섭위평의 이 한마디에 아무도 입을 열지 못했다.

LA에서의 1국은 조훈현이, 샌프란시스코에서의 2국은 섭위평이 사이좋게 나누어 가졌다. 수많은 위기 끝에 처음으로 한중 간의 친선대국을 성사시키면서 나도 모르는 사이, 나는 어느덧 중국통이 되어버렸다.

11

중국과의 우정을 담은 '우정배'

1993년, 중국의 낙후된 기전 시스템에 대하여 강주구 9단과 많은 의논을 한 끝에, 중국에 한국처럼 20퍼센트의 주관료를 가져가는 스폰서를 찾아주기로 했다. 당시 중국 기원 주최 기전은 90퍼센트를 국가세금과 대회장 사용료 등의 명분으로 가져갔기 때문에 대국료나 상금의 액수가 터무니없이 적었다.

아시아나 항공과 협약하여 아시아나 항공배를 열어주기로 합의가 되기 직전, 어김없이 문제가 생겼다. 중국 항공사의 비행기는 텅텅 비어서 다니는데 한국 비행기만 사람이 많으니, 중국이 아시아나 항공 승객 1인당 100달러의 세금을 물리겠다고 한 것이다. 이 때문에 아시아나에서는 스폰서를 하지 않겠다고 전해왔다.

중간에 낀 나는 당연히 곤란해졌고, 중국 기원 원장이신 진조덕 선생께서 그동안의 과정이나 나의 수고를 너무 잘 아시는지라 그만 없던 일로 하자고 제안하셨다. 그러나 중국의 바둑이 성장해야 차후 바둑계 전체가 커진다는 사실은 누구도 부정할 수 없었다. 나 또한 중국을 오가며 중국의 눈부신 경제성장을 직접 보고 있던 터였다.

"제가 중국인의 친구로서 자비로 대회를 진행하겠습니다. 저는 장사를 하는 사람이 아니라 광고를 해줄 회사도 없고 하니 대회명은 '친구배'로 하시지요."

친구보다는 우정이란 말이 더 좋지 않겠느냐는 진 선생님의 조언으로 '우정배(Friendship-Cup)'라는 듣기 좋은 이름이 생겼다.

1994년부터 3년 계약을 해서 우정배를 개최했다. 그런데 3년 후 1997년에 계약을 3년 더 연장하려는 순간, 한국에서 IMF가 터졌다. 그러자 한국 기사들의 원성이 자자해졌다. 한국도 힘든데 왜 하필 중국만 도와주냐는 것이다.

중앙일보 해설위원으로 있는 친구 박치문도 나에게 우정배는 이쯤에서 그만하는 것이 좋겠다며 넌지시 조언해주었다. 이를 듣고 우정배는 3년으로 끝내고 말았지만, 고맙게도 중국 기사들은 아직까지도 종종 나에게 그때의 감사함을 전하곤 한다.

우정배로 인하여 중국의 기전 방식이 한국식으로 바뀌면서 중국의 바둑도 눈부신 발전을 하게 되었다. 우정배 대회 기간 중국 방문 중에 토니의 소개로 만난 친구 중에는 바둑을 좋아하는 좌라는 친구와 그의 절친 푸양이라는 친구가 있었다.

좌는 그의 명함을 내게 주었는데 '집단'이라고 쓰여 있었다. 내가 통역사에게 집단이 무엇인가를 물으니 우리말로 그룹이라고 했다. 나와 한두 살 차이밖에 나지 않는 친구가 그룹의 회장이라니 의아했다.

알고 보니 그의 아버지께서는 북경의 시장을 지내셨고 그의 어머니는 북경 땅을 분할하여 판매할 당시 이를 담당하는 책임자셨다. 그래서 북경 삼환루 한복판 사거리에 있는 호텔과 건물 전체를 가지고 있었다. 그래서 우정배가 개최되면 해마다 그의 호텔에서 묵었다.

좌는 북경인이라 체격이 무척이나 컸다. 그의 친구이자 변호사인 푸양은 시진핑 주석의 오른팔이었다. 중국의 변호사는 직급에 따라 맡을 수 있는 사건의 범위가 달랐다.

북경에서 법무법인을 경영하는 그에게 충칭에서 큰 사건 하나가 들어왔다. 충칭시 당서기장인 보시라이가 누군가를 구속시키려 한 적이 있었다. 들어보니 죄가 있는 것은 아니고 보시라이가 그를 없애고 싶어했기 때문이라고 했다.

푸양은 수하 변호사를 파견하여 그 재판에서 무죄를 받아냈다. 이에 화가 난 보시라이가 푸양의 수하 변호사를 구속시켜버렸다고 한다. 푸양은 같은 태자당끼리 그러면 되겠느냐며 그를 구슬려보았지만 보시라이는 들은 척도 하지 않았다. 보시라이는 몽고계 태자당으로 고집이 세고 성격이 강한 것으로 유명했다.

그는 문화혁명 당시 자기 아버지의 목을 밟고 그를 비판했는데, 그의 아버지가 화를 내기는커녕 아들이 크게 될 인물이라 나를 밟고 지나가도 된다고 했다는 유명한 일화가 있다.

푸양은 할 수 없이 시진핑에게 도움을 요청했다. 시진핑이 직접 전화를 걸어 중재에 나서자 수하 변호사는 풀려나고 사건은 해결되었다. 이 일이 장차 보시라이 실각에 직접적인 영향을 끼쳤다는 것을 아는 이는 많지 않다.

12

한국과 중국의 외교는 바둑으로부터

정식으로 비자를 발급받아 대한민국을 방문한 최초의 중국인
은 과연 누구일까? 중국에서 미국에 유학 중이던 '엄중태'라는 학
생이다.

엄중태는 1982년 미국에서 주최하는 아마추어 전국대회에서
우승을 했다. 한국에 이 소식을 전하니 중국과의 관계 개선을 위
해 그를 한국에 데려올 것을 청했다. 당시만 해도 중국은 중공으
로 불리던 시절이라 LA 한국총영사관을 방문하여 여권 중 사용
하지 않는 백지장에 비자(Paper Visa)를 받았다.

나와 오수전 회장이 스폰서가 되면서 최초의 한미친선 아마추

어 교류전이 성사되었다. 나는 급히 한미교류전의 구색을 갖추고 미국 팀 단장이 되어 한국을 방문하게 되었다. 중국에는 챔피언 엄중태(아마추어 6단), 한국 교포로는 샌프란시스코의 신흥수(아마추어 6단), 백인으로는 USC 물리학 교수로 재직 중인 천재 물리학 박사 리처드 도렌(아마추어 5단)이 있었다.

김포공항에 도착하여 여권을 보여주니 기다리고 있었다며 반갑게 맞아주었다. 이민국 수속도 생략한 채 일행 전부를 그냥 법무국 사무실로 데리고 갔다. 차를 한 잔 마시며 입국 수속이 끝나길 기다리고 있는데 입국 수속을 끝낸 법무국 직원들이 하나둘 사무실로 들어왔다. 모두들 처음으로 보는 중국 여권이라고 신기해하며 돌려가며 여권을 봤다.

이때 엄중태는 처음 경험하는 광경에 극도로 긴장했는데 마침 안기부 직원이 도착해 우리를 데리고 나갔다. 공항에는 김인 국수님, 안영이 선생님, 오수전 회장님과 한국 기원 관계자가 마중 나와 있었다.

소공동에 있는 플라자호텔에 여장을 풀고 한국에서의 첫날밤을 보냈다. 우리들이 묵는 방에는 '환영 대통령 전두환'이라고 적힌 화환이 있었다. 청와대에서 화환이 도착하자 갑자기 호텔요금을 반으로 뚝 잘라주었다는 이야기가 있다.

다음 날에는 롯데백화점을 거쳐 종로에 있는 한국 기원을 방문했다. 저녁에는 한국 측 선수단과 만찬이 있었다. 한국 측 선수로는 안영이 선생님(아마 5단), 허신(아마 6단), 정건호(아마 6단) 등이 있었다. 처음으로 방문하는 중국인을 위하여 그가 한국에 머무는 동안 여섯 곳의 기관에서 비밀경호를 했다고 한다. 처음으로 한국을 방문한 중국인에게 불미스러운 일이 있어서는 안 되기 때문이다. 그래서 그때 우리가 방문한 곳은 안기부에서 어김없이 알고 있었다.

김인 9단이 중국인 친구 한의사를 데리고 호텔로 나를 방문한 일이 있었다. 저녁에 술 한 잔 하시고 나를 만나기 위해 방문했는데 나중에 중국인 한의사가 안기부에 불려다니며 해명을 하느라 곤욕을 치렀다고 한다. 중국과 미국이 핑퐁외교로 막혔던 물꼬를 텄다면 한국과 중국의 외교는 이렇게 바둑으로부터 시작되었다.

13

크기만큼 넓은 미국의 바둑 세계

나는 장래가 있는 프로 기사가 바둑판 앞에 앉아만 있는 것보다는 넓은 세상을 여행해보는 것이 바둑 실력을 향상하는 데 더 많은 도움이 된다고 생각한다. 넓은 세상을 본 사람과 그렇지 않은 사람은 생각의 넓이가 다르기 때문이다.

그래서 자녀들과 함께 여행을 가는 것이 어떤 교육보다도 자녀들의 성장에 큰 도움이 된다고 믿는다. 나는 한국의 많은 프로 기사들에게도 미국을 보여주고 싶었다. 그간 나의 초청으로 미국을 방문한 기사의 수만도 60~70명에 달한다. 기자단과 바둑 관계자까지 합한다면 100명은 족히 넘는다.

조훈현 왕위에게 유창혁 9단이 도전하여 미국에서 왕위전을 개최한 적이 있다. 14세의 이창호 9단도 이때 일행 자격으로 다른 기사들과 함께 미국을 방문한 적이 있다. 그는 캐나다까지 방문을 마치고 한국으로 돌아가 스승인 조훈현을 상대로 타이틀을 하나씩 얻어내기 시작했다.

이렇게 큰 세상을 보고 나면 자기도 모르는 사이에 바둑의 안목도 넓어진다. 그에게 LA는 가끔 한국 장을 볼 때에 한참을 운전해서 가야 하는 곳에 불과했다.

한 번은 LA에서 기원이라는 간판이 눈에 띄기에 아내가 장을 보는 동안 잠깐 들어가보았다. 얼굴에 수염이 많이 난 아저씨가 반가이 맞아주며 자기는 6단을 두는데 몇 급을 두느냐고 물어보면서 슬그머니 백통을 가져갔다. 나는 백통을 다시 빼앗아오며 3점을 놓으라고 했다.

그러자 그가 다시 백통을 가져가며 자기는 6급이 아니고 6단이라고 했다. 그도 그럴 것이 당시 LA에는 그의 적수가 별로 없었다. 나는 또다시 백통을 가져오며 "아마추어 때는 나도 6단을 두었지요."라고 말했다.

그는 미국에서는 프로가 없다며 내가 누군지 물었고, 한국에서 갓 이민 온 프로 기사라고 이야기하니, 놓기 싫은 3점을 억지로 놓고서야 바둑이 시작되었다.

프로와 처음으로 대국을 하는지라 프로의 깊이를 알 리가 없는 그는 내 돌을 마구잡이로 잡으려만 왔다. 최 사범의 한 판 바둑이 거의 다 죽어갈 무렵 김효명씨가 들어왔다. 한국 기원 원생 출신이라 나를 금방 알아본 그는 내게 "차 사범님" 한다. 나하고 바둑을 두고 있는 최건호의 친구란다. 그가 "네가 3점으로 되니?" 하며 최건호를 나무란다.

최건호씨는 한국에서 미국을 방문한 프로 기사에게 헌신적으로 봉사하는 바둑 팬이다. 한국에서 미주를 방문하는 기사들은 전부 다 그의 신세를 지곤 했다. 이렇게 LA 교민들과의 첫 번째 대면이 이루어졌다.

팔자에 없는 '차 대감' 칭호를 듣다

리처드 도렌이라는 USC 물리학 박사는 아마추어 5단으로 바둑 광이다. 1976년 미국에 처음 도착하여 리버사이드란 곳에 정착했다. 바둑을 할 수 있는 LA와는 1시간 40분 정도의 거리에 있어 바둑을 두러 갈 엄두를 내지 못했다.

리처드는 프로 기사가 미국에 정착하러 왔다는 소식을 듣고 사방으로 수소문한 끝에 일본 기원에서 나를 만나게 되었다. 그는 일본어를 아주 잘했다. 일본에서 교환교수로 일한 적이 있다고 한다. 그는 천재인 데다가 어학적인 소질도 있었다.

한 번은 그에게 한국에 가기 3일 전에 함께 갈 수 있냐고 물어 보았는데, 흔쾌히 승낙한 그가 한국으로 가는 비행기에서 잡지에 있는 한글을 주섬주섬 읽는 것을 보고 깜짝 놀라기도 했다. 천재란 이런 것인가 보다.

크게 의도하지는 않았지만 자의반 타의반으로 나는 미주 전역을 돌아다니는 사범이 되어 바둑을 보급했다. 시애틀, 샌프란시스코, 뉴저지, 뉴욕, 덴버, 휴스턴, 디트로이트, 볼티모어, 토론토, 밴쿠버, 위니펙, 뉴멕시코, 멕시코시티, 아바쿠키, 필라델피아, 칸쿤, 샌디에이고 등 너무나도 많은 곳을 다녀 다 기억할 수는 없지만 바둑 팬이 있는 곳이라면 북미뿐만 아니라 남미까지 모두 다녔다.

LA에는 식당을 운영하며 김 대감으로 불리는 LA 최고 고수 한 분이 계셨다. 첫날은 3점을 접고 한 판의 바둑을 두었는데 내가 1집을 졌다. 밤이 늦어 집까지 먼 길을 가야만 했다. 모양으로 보아서는 틀림없이 3점 바둑인데 잔 수가 워낙 세서 만만치가 않았다.

다음 주에 그와 다시 바둑을 두게 되었는데 2점만 놓겠다는 것이다. 2점은 안 되실 것이라고 3점을 놓으라고 했지만 한사코 사양했다. 내기의 경우는 더 놓기를 원하는데 김 대감은 정반대였다. 20판을 넘게 이겼는데 치수를 고치기를 거부한다.

이분이 그동안 LA 기원의 재정을 다 도와주신 분이란다. 나는 이긴 돈을 다시 다 돌려주고 나오는데 돈을 받지 않겠다고 하셨다. 다음 주에 그와 다시 바둑을 두었고 또 이긴 돈을 돌려드렸으나 받지 않으셨다. 그러면서 그다음 주에는 꼭 자기가 이겨 보이겠다고 했다.

내가 5주 연속으로 그를 이기면서 치수는 다시 3점으로 올라갔고 6주째가 되는 날 다시 바둑을 두러 갔더니, 나에게 "대감님" 하면서 항복했다. 덕분에 팔자에 없는 차 대감 칭호도 들어봤다.

5 장

최선을 다한다면
못 이룰 것이 없다

"삼국지에서 공명이 사마의를 사지에 몰아넣는
장면이 있는데 그때 갑자기 비가 와서
사마의는 목숨을 건진다. 하늘이 그의 자손으로 하여금
왕위를 이어가게 하려는 뜻이었음을 나중에 알 수 있었다.
일은 사람이 꾸미는 것이지만 그 성패는 하늘의 뜻에
달렸다는 말씀, 세상을 거스르려 하지 말고
순리대로 때를 기다리라는 가르침으로 여겨졌다."

사랑받은 한국행

감히 추측하건대, 나는 인복을 타고났다. 한국에 온 후 나는 때때로 미소를 잃었지만, 선배님들의 무조건적이고 한없는 사랑은 언제나 나를 지켜줬다.

서울상대 17회 졸업생 모임에 강의를 갔을 때의 일이다. 17회 동기회 배창모 회장님은 나의 고등학교 선배님이셨다. 선배님은 처음 만난 후배인 나에게 많은 애정을 주셨다. 30년 동안의 외국 생활로 어리벙벙해진 내가 한국에 적응할 수 있도록 많은 도움을 주셨다.

회현로타리클럽에 가입하는 것도 도와주셔서 그곳에서 좋은 분들도 많이 만났다. 누가 될지 몰라 거기서 만난 분들의 이름을 한 분 한 분 밝힐 수는 없지만 나에게 너무나도 고마우신 분들이다.

용산고등학교 동문인 KCC의 정상영 선배님께도 평생 갚지 못할 뜨거운 사랑을 받았다. 정 회장님께서 소설 『올인』의 실제 주인공이 후배라는 사실을 전해 들으신 후 동문 선배님을 점심식사 자리에 초대해주셨다.

책에 나오는 영등포 이야기며 어머니에 대해서도 잘 아시는지라 나를 보면 영등포에서 공장일을 하며 군용 목침대에서 고생하던 시절이 생각나셨다고 하신다. 내가 만난 정 회장님은 모든 방면에 방대하고 해박한 지식을 가지고 있었다. 그를 보며 아무나 재벌이 되는 것은 아니구나라는 생각을 했다.

정 회장님은 용산고등학교에 대한 애정이 각별해 아드님 두 분도 이곳에 입학시키셨다. 그래서 내 선배님의 아들들이 나의 후배가 되었다. 그는 용산고등학교에 체육관도 지어주고 장학금으로 큰돈을 내어놓으시는 등 후배들을 위해 자신의 것을 아낌없이 내어줬다. 아름다운 모습이 존경스러웠다.

용산고등학교 선배님과 동문들, 동국대학교 선배님들과 동문들, 그리고 회현 로타리클럽 선배님들의 아낌없는 사랑에 다시 한 번 감사 인사를 드리고 싶다.

존경하는 송석환 선배님

송 선배님은 미국에서 회사를 운영하는 내 대학 선배님이다. 사업으로 크게 성공하셨고, 내가 존경하는 분이기도 하다. 그는 관광버스로 라스베이거스에 가족여행을 왔다가 나를 알게 되었다. 라스베이거스를 여행하던 중 동국대 후배인 관광가이드가 내 이야기를 그 지역 설화처럼 술술 풀었다고 한다.

그는 라스베이거스 포커계를 평정한 전설적인 인물이 한국인인 데다가 심지어 자신의 대학 선배라며 호들갑을 떨었는데, 마침 같은 대학 출신이라 물어보니 드라마 '올인'의 주인공 차민수란다.

한국에 돌아온 송 선배님이 정상영 회장님을 찾아가 "미국에
이런 후배가 있답니다."라고 하자, 회장님은 "너 민수 몰라? 지금
우리 금강골프장에서 골프 치고 있어."라고 했단다.

　전화가 연결되자 무척이나 반가워하셨다. 다음날 정 회장님의
주선으로 리츠칼튼호텔에서 식사를 하게 되었는데 라스베이거
스의 전설 속에 말로만 듣던 후배를 한국에서 직접 만난 것을 너
무나 신기해하고 반가워하셨다.

　동문회장도 지내시며 모교에 많은 헌신과 봉사를 하신 선배님
은 내가 매우 존경하는 분이다.

국가와 민족을 사랑하라

1990년 백두산의 기성전 1국을 마치고 연길로 돌아왔을 때의 일이다. 공안의 개입으로 2국을 중단한 우리는 연길에서 마지막 밤을 보내기 위하여 우리가 묵고 있는 백산호텔의 나이트클럽을 찾았다. 한국고전무용을 선보이며 춤추는 무희를 보니 아름답다는 단어밖에는 생각나지 않았다.

일행 중 한 사람이 저렇게 아름다운 사람에게 술을 한 잔 받으면 죽어도 원이 없겠다고 했다. 죽은 사람의 소원도 들어주는데 산사람의 소원이라니 내가 말해보겠다 하고 매니저를 불러 방금 무대에서 공연을 마친 무용수를 불러줄 수 있는지 물었다.

매니저가 마침 바둑을 좋아하는 내 팬이어서 고맙게도 그 무용수를 데려왔다. 이름은 차홍련이었다. 나하고는 종씨가 아닌가? 차씨가 흔한 성이 아니라 차씨 성을 가진 사람을 만나면 나는 무척 반긴다. 그에게 술을 한 잔 따른 다음 내가 나이가 많으니 오빠가 되기로 했다.

동생을 만난 기념으로 소원이 무엇이든 한 가지를 꼭 들어주겠다고 하니 한국에 한번 가보고 싶다고 했다. 그는 보호자로 장차 동서가 될 사람을 데리고 왔다. 애민이 엄마다. 사랑 애, 백성 민. 민족을 사랑하라는 뜻이다.

이름만 보아도 그 부모의 조국을 기리는 마음을 읽을 수 있었다. 그들은 한국에서 1년 정도 머물다 돌아갔다. 홍련이는 한국에 민속공연단을 이끌고 와 머물다 가곤 했다.

애민이가 베이징대학에 입학허가 통지서를 받았을 때의 일이다. 변방인 연길에서 베이징대에 입학한다는 것은 하늘의 별 따기보다 어려운 일이다. 그렇지만 그들은 마냥 기뻐할 수가 없었다. 애민이의 학비를 댈 여력이 없었기 때문이다. 베이징대학교의 학비와 기숙사비는 그들 연 수입의 다섯 배가 넘었다.

이 이야기를 듣고 나는 애민이의 후견인이 되기로 했다. 애민이 같은 인재를 키워내는 것은 나에게는 기쁨이었다. 한국인의 미래를 키우는 기분이었다. 애민이는 우수한 성적으로 베이징대를 졸업하고 상하이에서 결혼과 사업을 하며 정착했다.

우연한 인연

1997년, 은행에서 지점장과 이야기를 하던 중 원래 45명이었던 직원이 IMF 감원 열풍으로 17명밖에 남지 않았다는 말을 들었다. 이 때문에 120평이나 되는 2층은 거의 사용하지 않는다고 했다. 1층 은행과 붙어 있는 공간에 40평 규모의 직원식당과 서류 창고를 지어주고, 2층을 은행으로부터 매입했다.

은행이 사용하던 2층 공간은 건물 전면부라 유독 지나는 이들의 눈에 띄었는데, 이곳에 도넛 가게를 차리니 건물까지 다 훤해 보였다. 극장 손님들의 여가를 메워줄 요량으로 2층 공간에 아이들을 위한 오락실도 차렸다.

순규와의 인연은 오락실 기계가 들어오던 날 시작됐다. 잘생기고 건장한 청년이 팔을 걷어붙이고 기계를 2층으로 옮기는 일을 도와주었다. 정신없이 한참 동안 기계들을 옮기고 나서 그 청년에게 감사 인사를 하러 갔다. 알고 보니 군대에서 막 전역해 직장을 구하러 다니다가 우연히 도움이 필요한 것 같아 그냥 도와준 것이었다.

마음 씀씀이가 고맙고 인상까지 좋은지라 나는 순규를 오락실 실장으로 바로 채용했다. 공대에 복학하여 학업을 이어가면서도 책임감 있고 성실히 사는 모습이 내 마음에 쏙 들었다. 백 원짜리 오락실은 IMF 불경기 와중에도 장사가 잘되었다. IMF로 그 청년의 아버지 사업이 힘들어져 그가 학비와 생활비를 혼자 다 벌어야 한다기에 장사가 잘되는 내가 장학금을 줬다.

그 친구는 지금 대기업에서 일하면서 단란한 가정을 꾸려 예쁜 딸까지 얻었다. 우연한 인연으로 시작된 사이지만 지금도 명절이면 아이를 데리고 나를 꼭 찾아온다. 출장을 갔다가도 맛있는 향토음식을 보면 꼭 택배로 음식을 싸서 보낸다. 그는 나를 은인으로 말하지만, 나는 그런 그가 한없이 고마울 뿐이다.

우동 한 그릇

나는 국수 종류를 유난히 좋아한다. 어머니 집 앞쪽 신길동 시장에 포장마차가 여럿 있다. 한국에 온 어느 가을날 저녁이었다. 한밤중에 출출해져서 외투를 대충 걸쳐 입고 우동과 짜장면을 먹기 위해 포장마차로 갔다.

우리 집 철문을 철거덩 열자마자 "도둑이야!" 하는 비명이 들렸다. 여자 운전자를 덮치고 있던 도둑이 철문 소리를 듣고 도망을 친 것이다. 나는 앞뒤 가리지 않고 도둑이 도주한 방향으로 쫓아갔다. 얼마 가지 않아 도둑이 지친 듯 앉아 있는 모습이 보였다. 20대 중반 정도로 보이는 젊은 사람이었다.

"젊은 사람이 그렇게 살면 되겠어요?"

그를 훈계해서 보내려는데 그가 갑자기 내 멱살을 잡았다.

"그렇지 않아도 살기 싫어 죽겠는데, 오늘 너 잘 만났다."

생떼도 이런 경우는 처음 당해보았다. 어둠속으로 갑자기 발길질과 주먹이 날아들었다. 어두워서 잘 보이지는 않았지만 어떻게 피하기는 했는데, 당시 녹화방송을 하고 있던 중이라서 얼굴에 상처가 나면 모양새가 좋지 않겠다 싶었다.

멱살 잡은 손을 풀려고 손을 잡아보니 거칠하면서 노동판에서 해머깨나 잡아본 손이다. 운동을 한 사람은 아닌 듯한데 노동으로 단련된 힘이 여간 센 것이 아니었다. 할 수 없이 엄지손가락을 꺾으니 그제야 겨우 멱살이 풀렸다. 이 친구 아무래도 안 되겠구나 하며 혼을 좀 내어주려는데 그렇게 힘이 센 친구는 처음 보았다.

다음 날 잠에서 깨어 일어나는데 목이 움직이지 않았다. 종로 한국 기원에 도착하자마자 백성호 9단이 "형, 목이 왜 그래요?" 하고 물었다. 어젯밤의 사정 이야기를 하니 요즘 누가 도둑을 잡으러 가느냐고 핀잔을 줬다. 그럼 도둑놈을 현장에서 보았는데 어떻게 그냥 놓아주냐고 하니, 요즘 그러다간 큰일 난단다.

형님도 나이가 드셨으니 이젠 조심하시라며 한소리를 했다. 하긴 성호의 말이 옳다. 그래도 운동을 배운 사람이 남의 위기를 그대로 지나갈 수는 없었다. 잔소리는 무섭지만 앞으로 같은 상황을 만나면 또 호기를 부릴 것만 같다.

신앙과 시험

1986년 포커계 고수의 반열에 들어가면서부터 돈이 너무 쉽게 벌렸다. 그러자 '하나님이 나를 미워하시는 건가?' 하는 생각이 들었다. 부자는 천국에 가는 것이 낙타가 바늘구멍을 통과하는 것보다 어렵다고 배웠기 때문이다. 내게 주어진 부가 장차 지옥에 갈 것이라는 예언처럼 느껴졌다.

결국 내가 내린 결론은 하나였다. 나에게 남에게 없는 재능을 주셨으니 어려운 이웃을 도와주며 살라는 뜻이구나. 나는 선행으로 이를 보답하고자 했다. 재산을 많이 모으는 것은 만나를 쌓아두는 것이라 생각해 수입의 대부분을 가까운 친인척이나 주변사람들, 바둑 관계자, 그리고 교회봉사에 사용했다.

LA 인근에 있는 세리토스 장로교회에서는 주차 관리를 10여 년 동안 했다. 교회 주차장이 좁아서 나이 지긋하신 어른들은 교회 주차장에, 젊은 사람들은 공유지에 주차하도록 도와주는 일이었다. 다행히 젊은 사람들은 나를 보면 알아서 옆 주차장으로 가주어서 힘든 일은 아니었지만, 캘리포니아의 살인적인 불볕더위 아래서 일을 하다 보면 온몸의 수분이 다 빠져나가는 듯했다.

나는 나보다 약한 사람을 이기려 하지 않았고, 나름대로 정의롭게 살려고 노력했다. 지금 생각해보면 쉽지만은 않았던 것 같다. 이렇게 힘들게 살 필요가 있나 하는 회의도 여러 번 가지기는 했다. 쉽고 편하게 사는 길도 있는 것 같은데.

암벽등반

승부를 오래하면 심장에 무리가 생기는 경우가 종종 있다. 언젠가 첫판을 이겼을 때 손의 떨림이 느껴졌다. 판이 크지 않은데도 한동안 그런 증상이 생겼다.

한국에 들어왔을 때 어떤 한의사가 심장에 문제가 생겨서 그렇다고 했다. 치료법은 팔굽혀펴기였다. 심장 주변 근육을 강화해 심장마비도 예방되고 심장이 튼튼해진다고 했다. 2주 정도 운동을 했더니 손 떨림 현상이 없어졌다. 배짱이 없는 사람이나 승부를 하는 사람은 해볼 만한 운동인 것 같다.

북한산에는 인수봉이라는 암벽이 있다. 미국에 오래 살다 보니 걷는 것이 싫어졌다. 자동차가 집 앞까지 들어가니 걸을 일이 별로 없었다. 등산은 그보다 더더욱 귀찮은 일이었다. 친구 선경이와 세웅이가 숨겨진 벽으로 나를 데리고 갔다. 암벽을 타는 법을 가르쳐주기 위해서였다. 친구들은 걸어 다니는데 나는 기어 다니기에도 힘이 들고 바빴다. 몇 번의 연습을 한 후 등반대장을 붙여 본격적으로 인수봉 등반에 나섰다.

인수봉을 올라가는 코스는 다양한데, 이름은 올라가는 방법을 개발한 사람에게서 따온다고 한다. 일산 크라이머스 소속 김의열 대장은 100킬로나 되는 등산 가방을 맨 채 바위 위를 날아다닌다. 친구들은 발이 떨려 움직이기도 힘든 나를 인수봉까지 데리고 올라가는 데 성공했다. 올라가는 도중에는 수십 번이나 후회가 됐다.

돈이 생기는 것도 아닌데 잡을 곳도 없는 바위에 몸을 맡기고 왜 내가 이 고생을 하는 걸까? 어차피 내려올 건데? 그런데 웬걸 인수봉에 올라가니 내려가는 길이 보이지 않는다. 100미터가 넘는 깎아지른 절벽을 밧줄에 의지하여 걸어 내려가야 한다고 했다. 우여곡절 끝에 인수봉 등반을 마치고 뒤풀이를 했다.

다음날에 다시 오기로 하고 헤어졌다. 이날을 계기로 바위를 좋아하게 됐다. 사람이란 망각의 동물인가 보다. 그렇게 후회하며 올라갔던 바위산을 내일 다시 오겠다니. 그 이후 나는 친구들과 일산 크라이머스 회원들의 도움을 받아 여러 번의 인수봉 등반을 했다.

인수봉의 여왕이란 별명을 가진 박인자씨가 있다. 바위 타는 모습을 처음으로 아래쪽에서 지켜보게 되었는데 체격이 상당해 보였다. 그런데 다 내려온 모습을 보니 별로 크지도 않은 평범한 아주머니였다. 날렵하게 바위 타는 모습이 멋있어서 커 보였나 보다.

소문의 허와 실

2008년, 한국에 머무를 때의 일이다. 워커힐 카지노에서 포커 대회가 열렸다. 포커스터스라는 세계 최대 인터넷 사이트에서 개최한 대회였다. 세계 각지에서 400여 명의 포커 플레이어들이 몰려들었다. 개중에는 유명한 플레이어도 섞여 있었다.

나의 친구 테드 포레스트, 요시 나카노 등 일본에서도 많은 플레이어들이 왔다. 나는 주최사로부터 5천 달러 상당의 스폰서 제의를 받아 공짜로 대회에 참가할 수 있었다. 플레이어들은 대회에 참가하게 되면 옆에서 현찰게임을 하곤 하는데, 그때 나에게는 현금이 천만 원밖에 없었다.

은행에 내려가서 지점장에게 포커대회가 열린다는데 돈이 없다며 대출에 대해 어떻게 생각하느냐고 물으니, 돈이 얼마나 필요한지 되물었다. 내가 5천만 원의 융자를 요청하자 그 자리에서 바로 빌려주었다. 대회 이튿날 기다리던 페어 킹이 들어왔으나 페어 에이스에 걸려 올인을 당했다.

41등으로 대회를 마친 나는 현찰게임을 하기 위해 2천만 원어치 칩을 사서 앉았다. 게임이 시작되고, 일본 플레이어들이 가진 돈이 많은지 판돈을 계속 키웠다. 첫날부터 운이 좋게 게임이 잘 풀려 너덧 시간 만에 8천만 원을 벌었다.

방으로 돌아가 잠시 눈을 붙인 후 다시 내려와 7천만 원을 따고 또 방으로 돌아가 잠을 청했다. 게임을 할 때는 잠을 자는 것도 일이다. 적당한 휴식이 재충전을 할 수 있도록 만들어주기 때문이다.

아침에 다시 내려오니 마이크가 게임을 다시 하자고 했다. 마이크 김은 미국에서 도장을 운영하던 태권도 사범이었는데 지금은 워커힐 카지노에서 카드 룸을 운영하고 있었다. 나와는 오랫동안 막역한 사이다. 미국서도 유일하게 큰 게임도 같이했고, 카드 실력도 한국인으로는 최고의 경지에 오른 동생이다.

그렇게 시작된 게임에서 마이크와 나 사이에 큰판이 붙었다. 베팅을 좋아하는 어떤 친구가 판을 키우고 있었는데 프랍에 K, J, 8이 떨어졌다. 나는 K, J를, 마이크는 J, J를 가지고 있었다. 나는 K,

J 투페어, 마이크는 J 셋, 즉 내가 지고 있는 상태에서 턴에 K가 떨어져 나는 KKKJJ 풀 하우스, 마이크는 KKJJJ 풀 하우스가 되었다. 승부가 뒤집힌 것이다.

승부에는 가끔 이런 고비가 찾아온다. 져야 되는 순간에 내게 운이 따라줄 때가 있다. 이럴 때는 누가 잘하고 누가 잘못했다고 말하기 힘들다. 승부를 할 수밖에 없는 상황에서 내가 운이 좋아 25분의 1의 확률로 이긴 것뿐이다.

그렇게 8천만 원을 더 이기고 그날 저녁 대부분이 떠나고 나서 2천만 원을 또 벌었다. 주말 동안 네 번에 걸쳐 총 2억 5천만 원을 이겼다. 그날로 세븐럭과 강원랜드에서는 내가 25억을 이겼다느니 30억이라느니 하는 소문이 났다. 금액만 따져도 열 배가 부풀었다. 딜러들은 차민수가 카드를 잘한다는 소문은 들었으나 세계 일류들을 어린아이 다루듯 하는 것을 보고 놀랐다며 내 소문에 감칠맛을 더했다.

집으로 돌아와 잠을 청하려는데 어디가 아픈지를 모르게 어딘가 아팠다. 카지노에서 소변이 붉은 빛이 나는 커피색이 된 걸 알았지만, 커피를 많이 마셔서 그런 줄 알았다. 내가 토끼도 아니고 왜 먹은 대로 나온다고 생각했는지 모르겠다. 그때는 통증을 참느라고 진통제만 먹었는데 알고 보니 그게 방광에서 나온 피였다.

나는 참으로 무지한 사람인가 보다. 게임을 하는 중에 집중력이 흩어질까봐 담석을 진통제로 견뎠다. 긴장이 풀어지기까지 담석인 줄도 몰랐던 것이다. 급하게 응급실로 실려가 진통제를 다섯 대나 맞았는데도 통증이 멈출 줄을 몰랐다.

아픈 자리가 어디인지도 알 수 없게 아픈 자리가 옮겨다니니 아픈 것을 잘 참는 나조차도 정신을 차릴 수가 없었다. 술을 입에도 대지 못하니 맥주를 마실 수 없어, 억지로 물을 많이 먹고 나서야 돌이 빠져나와 위기는 넘겼다. 그렇게 고통스러운 일은 생전 처음 겪었다.

초심자의 행운은 불행의 시작

LA 한인 타운에 닥터 리라는 치과의사가 있었다. 바둑을 좋아하는 아마추어 6단으로 탄탄한 실력의 소유자다. 그는 서울대를 졸업하고 미국으로 이민 온 후 타운에서는 유명인사였다. 평소 어려운 이웃에게 무료진료를 하는 등 선행이 몸에 배인 사람이라 우리에게는 선망의 대상이었다. 공군사관학교 군의관 복무 시절 조훈현 9단과도 인연을 쌓아 조 9단하고도 막역한 사이기도 했다. 학창 시절 공부라면 남에게 져본 적이 없던 그는 자존심이 유난히도 강했다.

평소에도 블랙잭 게임을 좋아하던 그가 가족들과 함께 레이크

타워로 휴가를 간 적이 있었다. 레이크타워는 유명한 스키장이 많은 곳으로 그곳에서는 1년 중 10개월이나 스키를 즐길 수 있다. 네바다 주와 주 국경을 맞대고 있는 곳으로, 길만 건너면 네바다였는데 그곳에는 카지노가 즐비하게 늘어서 있다.

평소에도 운동을 별로 좋아하지 않는 그는 가족들을 스키장으로 보내고 혼자 카지노로 내려가 블랙잭 테이블에 앉았다. 그런데 맥주를 마시며 3천 달러로 게임을 즐기던 그가 3만 달러라는 거금을 따게 된다. 다음 날도 마찬가지로 가족들은 스키장으로 보내고 전날과 같이 게임을 해서 또 2만 달러를 얻는 횡재를 했다.

휴가에서 돌아온 그는 쉬는 날을 이용해서 또 라스베이거스로 게임을 하러 갔다. 거기서도 5만 달러를 이겨 총 3회에 걸쳐 10만 달러를 따게 된다. 냉정하게 말하면 초심자의 행운이었다. 영어로는 이를 'Beginners-Luck'이라고 한다.

그러나 그는 깊은 고민에 빠졌다. 혹시 나도 차 사범과 같은 카드의 달인이 될 수 있는 잠재력을 가진 것이 아닐까? 마침 매일 환자들의 썩은 이만 들여다보는 것에도 조금은 신물이 나 있는 터였다. 공부라면 누구보다도 자신이 있었던 그는 온갖 블랙잭 서적을 구입해 공부에 몰두했다.

문제는 여기서부터 발생했다. 공부라면 남에게 져본 적이 없고 머리 역시 상당히 좋은 사람이 공부를 시작했으니, 그의 생각에 성공하는 것은 따 놓은 당상이었다. 그러나 세상일은 그렇게 마음대로 흘러가지 않는다. 특히 카드 게임에서는. 연예인으로 대성하려면 타고난 끼가 필요한 것처럼 바둑에서는 기재라는 것이 필수적이다.

카드에서는 카드 센스 여부가 중요한데, 그에게는 이 카드 센스가 부족했다. 카드로 하는 게임에서 필요한 요소는 다음과 같이 정리할 수 있다.

첫 번째로 중요한 것은 카드 센스다. 카드 센스란 카드를 이해하는 독해력과 같은 것인데 하나를 배워 열 가지를 터득할 수 있는 카드에 대한 재능을 말한다. 이것은 노력만으로는 성취할 수 없는 부분이다.

두 번째로는 배짱이 필요하다. 이것은 만용과는 다른 것으로, 굳이 설명하자면 목에 칼이 들어와도 눈 하나 깜빡하지 않을 수 있는 용기를 뜻한다. 물론 쓸데없고 근거 없는 용기는 금물이다.

세 번째가 빠른 수학 능력이다. 초를 다툴 정도의 순간에 정확하고도 빠르게 확률을 계산하여 유불리를 판단해야 하기 때문이다.

네 번째가 판단력이다. 이는 상황에 따른 상대방의 패를 정확하게 읽어낼 수 있는 능력이다. 블랙잭에서도 게임의 흐름으로, 혹은 바닥에 깔리는 숫자의 순서를 보고 딜러가 가진 패의 숫자를 정확하게 계산해내는 판단력이 필요하다.

다섯 번째가 기억력이다. 딜러가 걷어가는 카드를 순서대로 머릿속에 기억해두는 것은 블랙잭에서는 필수다. 딜러가 전판에서 걸어간 것과 비슷한 순서로 카드가 나올 때에는 카드가 걸어간 순서 그대로 나올 확률이 아주 높기 때문이다. 딜러가 셔플을 할 때에 한 장 한 장을 정확하게 카드를 섞을 수는 없기 때문에 외워두었던 부분의 카드가 나올 때에는 다음에 나올 카드를 비교적 정확히 예측할 수 있는 것이다.

마지막이 절제력이다. 이기고 지는 것과는 상관없이 상황에 따라 지고도 털고 일어날 줄 알아야 한다. 이는 특히 프로가 되기 위한 절대적 요소 중 하나다.

그런데 이 박사는 이런 점들을 간과한 듯하다.

모든 사람에게는 타고난 재능이 있다. 의사로서 성공을 이미 거둔 그는 남들보다 의학적, 과학적 재능이 뛰어났을 확률이 높다. 그럼에도 불구하고 다른 분야까지 성취해보고자 했던 이 박사는 참담한 미래를 맞이했다. 쉬는 날에도 휴식을 취하지 못하고 라스베이거스에 오가면서 그의 몸은 점점 망가졌고 결국 건강과 부를 한꺼번에 잃고 말았다. 이는 이 박사에 국한되는 이야기가 아니다.

나는 오랜 승부생활을 하면서 미국에서 사업적 성공을 거둔 한국 사람들이 백만장자 대열로 들어선 후 카지노를 접하며 무너지는 모습을 무수히 보았다. 자기의 재능이, 하늘이 준 직업이 무엇인지 정확하게 인식하는 것만이 패가망신을 면하는 길이라고 감히 말한다.

승부는 장사와 같은 것

인생에는 굴곡이 있기 마련이다. 잘나갈 때가 있으면 어려울 때도 있다는 뜻이다. 이때를 대비하여 우리는 저축을 하고 보험을 들어두기도 한다. 위기가 닥치더라도 슬기롭게 극복하기 위해서다.

장사도 마찬가지다. 장사가 언제나 잘되리란 법은 없다. 최선은 장사가 잘될 때 가급적 많은 돈을 벌어놓는 것이다. 장사가 잘되지 않는 시기에 하는 절약도 중요하지만, 호황일 때도 절약을 중요하게 여기고 가급적 재산을 많이 불려놓아야 한다.

블랙잭이나 포커도 이와 같다. 이길 때는 최대한으로 이익을

늘리고 게임이 잘 풀리지 않을 때는 피해를 최소화하는 것이 그 날의 게임을 승리로 이끄는 요령이다. 게임도 장사와 같이 손해를 보는 경우가 반드시 있는데, 이때에 슬기롭게 대처하는 것이 매우 중요하다.

많은 사람들이 게임이 잘될 때는 베팅이 위축되고, 게임이 안 될 때에 열을 받아 승부를 크게 보려고 한다. 게임이 잘 풀릴 때에는 플레이어의 실력을 가늠하기가 어렵다. 실력인지 운인지 알 수 없기 때문이다. 실력을 정확히 판가름할 수 있는 때는 오히려 게임에 지고 있을 때다.

블랙잭에서 베팅의 묘가 중요하다는 것은 게임을 해본 사람이라면 누구나 느꼈을 것이다. 잘될 때는 나의 승부의 운이 딜러보다 강한 것이고, 반대의 경우는 상대적으로 나보다 딜러의 운이 강한 것이다. '소나기는 피해 가라.'는 옛말이 있다.

흐름을 읽을 수 있는 지혜를 갖춘 사람은 불리한 상황에서 적은 베팅으로 가급적이면 많은 카드를 뽑아내어 자신이 유리해질 때까지 기다린다. 카드를 많이 뽑아낼수록 전체적인 흐름을 파악하기 쉬워져 딜러보다 플레이어가 유리하게 상황을 이끌 수 있다. 이때가 승부를 할 기회이니, 때를 잡으면 과감히 승부해야 한다.

장수가 움직이지 않을 때는 태산과 같아야 하며 일단 그 군사를 움직이기 시작할 때는 그 속도가 비호와 같이 빨라야 한다는 뜻이다. 게임이 안 되고 있을 때에 승부를 하려고 서두르는 것은 장수의 자질을 갖추지 못한 것과 같다.

베팅을 적게 한다고 자존심이 상할 이유는 없다. 자존심이 상한다고 해도, 돈을 잃고 카지노를 걸어 나갈 때의 비참함보다는 낫지 않겠는가?

새벽이 되면 집집마다 신문을 집어 던지는 사람들이 있다. 처음에는 던져 넣는 장소가 제각각이지만 몇 년이 지나면 마음먹은 곳이 어디든 신문을 던져 넣을 수 있다. 현관이든 개집 앞이든. 어느 분야든 그 분야를 통달하기 위해서는 많은 공부와 수련이 필요하다.

도박의 정의

할머니들이 치매를 예방하기 위하여 백 원짜리 동전과 천 원짜리 지폐로 화투놀이를 하여 이긴 돈으로 떡을 사 먹었다면 이것을 노름이라고 할 수 있을까? 그렇다면 직장인이 20만 원을 잃고 다음 주에 점심 값이 궁해졌다면 이 또한 노름인 걸까?

나는 전자는 틀리고 후자는 맞다고 대답한다. 잃어서 아프면 노름이고 아프지 않으면 노름이 아니기 때문이다. 잃은 돈을 찾으려고 집착하고 괴로워하면 노름이지만, 그렇지 않으면 '놀이'에 불과하다. 잃은 돈을 찾으려는 것은 이미 중독이요, 잊어버리면 게임이기 때문이다.

개인의 경제 규모에 따라서 노름에 대한 정의는 변화할 수 있다. 재벌이 느끼는 아픔의 규모와 일반인의 그것은 당연히 다르다. 재벌이 고스톱으로 백만 원을 잃은 것과 직장인이 그 돈을 잃은 것은 큰 차이가 날 수밖에 없다.

내 사랑 블랙키와 재키

나에게는 눈에 넣어도 아프지 않은 손주 같은 어린아이가 둘 있다. 네 살짜리 블랙키와 두 살 재키다. 같은 어미에게서 낳은 아이들인데 덩치가 작은 두 살 어린 동생이 오빠를 이긴다. 덩치도 더 크고 싸움도 잘하는 오빠가 져주는 것인 줄은 모르겠지만 동생의 응석을 다 받아준다.

오빠가 가끔 진짜로 화가 나면 재키는 소파 밑으로 도망가 숨는다. 한 달이 겨우 되어 우리 집에 온 재키를 처음 본 블랙키가 적응이 안 되는지 코로 밀어서 자꾸 아기 재키를 넘어뜨렸다.

태어난 지 한 달밖에 안 된 재키가 참다 못해 블랙키의 코를 앙

하고 물었다. 그때부터 호구로 잡혔는지 남에게는 사나운 녀석이 재키에게는 무조건 진다. 자그마하지만 도베르만의 원조인 이 아이를 한국에서는 미니핀이라고 부른다.

생긴 것도 도베르만과 똑같고 귀는 얼굴보다 크며 성격도 지랄 같으나 나에게는 한없이 예쁘다. 그렇지만 성격이 지랄 같은 건 어쩔 수가 없어서 내 아내는 (나에게) 세상에서 제일 귀엽고 사랑스러운 아이들을 미친 미니핀 두 마리라고 부른다. 그러면서 자기가 데려온 고양이는 왕자님 취급을 한다. 고양이가 레오나르도 디카프리오를 닮았다며 이름도 네오라고 붙여줬다.

내 친구 명호는 내가 강아지를 끔찍이도 예뻐하는 것을 알고 2년에 한 번 새끼를 낳으면 나에게 보낸다. 나는 모든 동물을 유난히 사랑하는 편이다. 길을 돌아다니다가도 길강아지가 보이면 귀엽고 안쓰러워 지나치지를 못한다.

아침에는 애교 많은 재키가 뽀뽀로 나를 깨운다. 내가 눈을 뜬 기색이 보이면 블랙키도 합류하여 둘이서 뽀뽀세례를 퍼붓는다. 집안에서는 볼일을 보지 않아 하루에 일곱 번 이상 산책을 나가지만, 앉아서 나가자고 손을 드는 모습은 너무나 귀엽다. 어머니가 컴퓨터 앞에만 앉아 있는 나를 운동시키기 위하여 보내신 것 같다. 이렇게 저렇게 아무리 생각해도 재키랑 블랙키는 역시 내 혈육인가 보다.

최선을 다하라

예전에 실력이 충분한데도 큰 바둑시합에서 좋은 성적을 내지 못한 적이 있었다. 세고 이름난 선수들은 죄다 이기고 무명의 선수에게 발목을 잡혔기 때문이다. 영등포에서 어려서부터 내게 많은 지도를 해주셨던 최 사범님이라는 어른이 계셨는데, 그날 그가 내게 물었다.

"차 사범, 호랑이가 토끼를 잡을 때에 어떻게 잡는지 아는가?"

나는 아는 바가 없어 벙어리 모양 앉아 있었다.

"잡아도 되고 놓쳐도 되는 것이 아니라, 놓치면 굶어야 하기 때문에 최선을 다해서 쫓아가 잡는 것이야."

그 말씀을 듣고 방심한 내 모습을 직시할 수 있었다. 그 후 나는 크게 성적을 내기 시작하여 아마추어 전국대회를 휩쓸기 시작했다.

모든 일에 최선을 다한다는 것은 무척 어렵고 대단한 일이다. 세상에는 최선을 다했음에도 불구하고 안 되는 일이 얼마든지 있다. 그러나 결과가 어떻든 최선을 다했다면 그것에 승복할 수 있고, 나아가 후회하지 않을 수 있다. 나의 생활신조에는 항상 최선을 다하라는 최 사범님의 말씀이 새겨져 있다.

나는 필요하다고 생각하는 공부를 할 때는 책을 최소한 스무 번은 읽는다. 50번 넘게 읽은 책도 여럿 있다. 책에서 더 많은 것을 배우고, 그것을 잊지 않기 위해서였다. 여러 번을 반복해서 보면 앞서 이해하지 못한 부분이나 새로운 글이 눈에 들어오기도 한다. 나는 기억력 부분은 보통사람에게도 미치지 못한다. 이를 보충하고자 하다 보니 남보다 더 큰 노력이 필요했다.

지난 일을 떠올리다 보면 그 이야기가 실타래처럼 풀어져 나오는 경우도 있지만 그것도 흔한 일은 아니다. 그렇다고 머리 자체가 나쁜 것만은 아닌 것 같다. 숫자에 대한 감각은 남보다 뛰어나다. 상상력, 추리력, 추진력 분야도 그렇다.

다른 이들이 그렇듯 나도 단점을 보완하고 장점을 조합하며 살아왔다. 그러면서 프로 기사도, 프로 포커 플레이어도 되었다.

그 긴 삼국지는 100회 정도를 읽었다. 재미도 있었고, 보면 볼

수록 배울 점이 많아 읽고 또 읽었던 것 같다. 조조의 간사함과 지도자로서 남의 지혜를 자기 것으로 만드는 능력, 원소의 무능함, 유비의 인자한 덕과 포용력, 관운장의 의리와 일편단심의 충성심, 장비와 조자룡의 용맹함과 충성심, 그리고 제갈공명 같은 당대 기인이 자기 주인을 만나기까지의 긴 기다림도 모두가 배울 점이었다.

삼국지에서 공명이 사마의를 사지에 몰아넣는 장면이 있는데 그때 갑자기 비가 와서 사마의는 목숨을 건진다. 이것이 하늘이 그의 자손으로 하여금 왕위를 이어가게 함이었다는 것을 나중에 알 수 있었다. 일은 사람이 꾸미는 것이지만, 그것의 성패는 하늘의 뜻에 달렸다는 말씀도, 세상을 거스르려 하지 말고 순리대로 때를 기다리라는 가르침으로 여겨졌다.

지금 생각해보면 이민 초기에 미국에 가져간 책이 수호지와 삼국지밖에 없어 따로 읽을 책이 없었다는 것도 삼국지를 백 번이나 읽은 결정적 이유인 것 같다. 아무튼 내가 원하는 것을 공부하고 최선을 다한다면 못 이룰 것이 없다.

젊음은 인간이 지닌 최대 자산임에랴

나는 전쟁 중에 태어나 어머니의 지극한 사랑으로 부러운 것 없이 살았다. 어린 시절 어머니의 극성으로 여러 가지를 배우고 익히며 연마했다. 여러 방면에 두각을 나타내어 남들은 내가 풍운아의 삶을 살았다고 하지만 이제는 다 부질없다는 생각이 든다.

대한민국을 풍요롭게 만들 수 있는 프로젝트, 내가 소원하던 제주 개발계획은 아직 시작도 못해보았고 나이만 점점 들어간다. 내 몸이 그야말로 날아다니던 시절도 있었던 것 같은데 이제 와서 그게 다 무슨 소용이란 말인가?

지금 나의 온몸은 결리고 아프지 않은 곳이 없다. 가히 움직이는 종합병원이라고 할 수 있겠다. 뒤늦게 홧김에 피우던 담배도 왼쪽 목으로 동맥경화가 오고 있다는 소식에 요즘은 끊었다. 담배를 피우다 안 피우니 한 번씩 피우고 싶어 미치겠다. 나의 장점인 인내심도 나이가 들면서 조급함으로 바뀌는 것 같다. 죽는 것은 두렵지 않으나 내가 죽기까지 주위 사람들에게 피해를 주는 것은 싫다.

사람에게는 젊음이 재산인데 나에게는 그것도 얼마 남지 않은 것 같다. 내가 10년만 더 젊어질 수 있다면…. 블랙키와 재키를 보면 내가 오랫동안 같이 살아주어야 하는데 하는 책임감이 몰려온다.

나는 마지막으로 한국의 젊은 세대에게 당부하고 싶은 것이 있다. 깨어 있으라, 항상 공부하라, 부지런해라, 남을 도우며 살아라, 자신의 재능을 찾아서 살려라, 포기하지 마라, 용기를 잃지 마라, 희망을 가져라, 앞만 보고 살아라, 항상 겸손해라. 그리고 젊음은 인간이 가지고 있는 최대의 자산임을 잊지 말라.

　"국가가 나를 위해 무엇을 해주기를 바라지 말고 내가 국가를 위하여 무엇을 할 수 있는지를 먼저 생각하라."는 것. 이 명언은 케네디 대통령이 취임연설에서 한 말이다. 나는 이 말을 좋아한다. '국가와 민족을 위하여'라는 말.

　이 책의 글 중에는 쓸 수 없었던 일도 있었지만 기억나는 대로 사실에 의거하여 썼다. 내가 아는 전부를 그대로 다 쓸 수는 없었다. 하고 싶지 않은 이야기도 쓰지 않았다. 독자들의 양해를 구한다.

7일 동안 승부를 이어갔던 칩 리즈 | 평생 세계 1위의 자리를 지킨 포커 플레이어로 게임매너와 인격도 역시 훌륭했다.

체구가 엄청났던 도일 브론슨 | 큰 체구이지만 영리한 플레이는 타의 추종을 불허했던 포커 플레이어로 나와는 매우 친한 관계를 유지했다.

도올 브론슨의 아들 토드 브론슨 | 그도 아버지를 이어 포커 플레이어로 활동하고 있다.

어머니와 집 앞에서 | 내 삶을 이야기 할 때 어머니를 빼놓고는 어떤 이야기도 성립이 안될 만큼 어머니는 내게 정신적인 기둥이었고 지금의 나를 만드신 분이다.

어려서부터 했던 쿵푸를 성인이 되고서도 꾸준히 했다 | 미국 이민 초창기, 이렇게 배웠던 쿵푸 실력이 큰 도움이 되었다. 옆에는 스승 송기천 관장님.

사랑하는 아들 에디 차와 딸 샌디 차 | 나를 닮아 운동을 전공한 아들은 지금 미국에서
이종격투기 코치를 하고 있고, 딸은 UC davis(캘리포니아 대학교)를 수석 졸업하고 결혼
후 미국에서 살고 있다.

<올인> 촬영 당시 라스베이거스에서 배우 이병헌과 함께 | 배우 이병헌은 타고난 연기
자이자 진정한 프로였다.

타고난 카드 센스는 타의 추종을 불허할 정도였던 스튜이 | 친동생처럼 지낼 정도로 아끼던 사이였는데, 안타깝게도 마약을 이겨내지 못하고 젊은 나이에 요절했다.

오키나와 출신인 요시 | 내가 포커 플레이어를 포기하고 싶게 만든 장본인이면서, 한편으론 내가 세계 톱 포커 플레이어로 성장하는 데 모멘텀이 된 인물이다.

1990년 세계일보가 주최한 백두산 기성전 1대국 장면 | 한복으로 갈아입고 상징적인 사진을 찍기 위해 중국 공안과 줄다리기를 했다. 앞에는 유창혁 9단.

중국의 진조덕 선생 내외분 | 진조덕 선생과는 의형제를 맺을 만큼 가깝게 지냈다.

백두산 대국을 감시중인 중국 공안 | 어떠한 촬영도 허가하지 않았으나 우여곡절 끝에 한복을 입고 대국을 두는 장면을 찍어 국내로 보내는 데 성공했다.

김인 국수는 내게 사람으로서의 도리와 의리, 처신을 말로써보다 본인의 행동으로 가르침을 준 분이다. 나는 그를 형님처럼 모셨고 그는 나를 아우처럼 생각했다. 해외 여행도 같이 다니며 많은 시간을 함께했다.

1990년 아시안게임 당시 심양 방문중에 조훈현 국수와 함께 | 조훈현 국수와는 동년배로 프로기사 입단 후부터 군생활도 같이하면서 지금까지 절친으로 지내고있다.

강주구·예네위 부부와 진조덕 선생과 함께 | 타고난 인성 자체가 선한 강주구와 예네위 부부는 천안문 사태로 한때 외국에 기거했지만 지금은 중국에서 부부기사로 맹활약하고 있다.

드라마 <올인>의 실제 주인공 차민수의 담대한 여정
미스터 트와이스 Mr. Twice

초판 1쇄 발행 2021년 1월 31일

지 은 이	차민수
펴 낸 이	한승수
펴 낸 곳	문예춘추사

편 집	윤수진(팀이사벨), 이상실
기 획	(주)이사벨스포츠
마 케 팅	박건원
디 자 인	박소윤

등록번호	제300-1994-16
등록일자	1994년 1월 24일
주 소	서울특별시 마포구 동교로 27길 53 , 309호
전 화	02 338 0084
팩 스	02 338 0087
메 일	moonchusa@naver.com

I S B N	978-89-7604-434-1 03810